JN135906

消えない星々との短い接触

20 CONTACTS: A Series of Interviews with Indelible Stars

原田マハ

Maha Harada

幻冬舎

20 CONTACTS

20 CONTACTS　消えない星々との短い接触

20 CONTACTS : A Series of Interviews with Indelible Stars

目次

はじまり

六月一日、私のもとに一通の手紙が届いた。

私の事務所はとある街角の雑居ビルの三階にある。戦後まもなく建てられたエレベーターなし五階建ては、探偵事務所が入っていてほしい感じの佇まいである。人がひとり立ったらほかの人が出入りできなくなるほど狭苦しい出入り口横の壁に並んでいる郵便受けのふたを開けると、縦長の分厚い封書が裏返しに入っていた。流暢な万年筆の書き文字。差し出し人はなんと私だった。

――私？

返して宛名を見ると、そこにもまた私の名前が書いてあった。

――私？　私が、私に手紙を？

いつ出したのだろうか。小学生のときに「十五歳の私へ」と未来の自分に手紙を出すという宿題があった気もするが、まさかあのときの手紙が？　いやいや、私はとっくに十五歳を四十年ほども過ぎている。そんなはずはない。

というか、私はこんなに達筆じゃない。万年筆も持ってない。文字を書くのに使っているのは十年落ちのＯＳ搭載ノート型パソコンだ。ところがそのパソコンが昨日フリーズしてしまったので、思い切って再起動をかけたのだが、パスワードを忘れてログインできなくなってしまった。これには驚いた。かつ焦った。猛烈に焦った。がしかし、〆切りが容赦なく迫りきている。そう、この原稿だ。この原稿は自分のパソコンにログインできなくなってしまった私が「パソコンなんかなくったって、紙と鉛筆があるじゃないか！」と突然パソコン脳をリセットし、やおらＡ４のコピー用紙とステッドラーの鉛筆を取り出して書き始めたものだ。

書き始めてみると、いちばん驚いたのは、漢字が書けなくなっていたことだった。私は中二病だったとき「憂鬱」という字を何も見ずして完璧に書けるのが自慢だった。誰にもほめてもらえなくても。ところがどうだ。あれから四十年後のいま、「容赦」という字すら書けなくなってしまっていた。パソコンは容赦なく私から漢字能力を奪い去ってしまっていた。これには打撃を受けた。物書きの端くれとして駄文雑文なんでも書いてきたが、これほどまでに退化してしまったとは……ううむ。

いや、まあ、とにかく。

私は、私から私宛ての封書を受け取ってしまった。何かの罠か？　ってなんのためのの罠だ？　私はしばし躊躇したが、郵便受けのかたわらに立ったままで思い切って封を切った。

上質な洋紙の便箋に、やはり万年筆で縦書きの文章が現れた。

私へ

この手紙は、挑戦状である。

私は、かつてアート関係の仕事をしていたキャリアを生かして、アート小説なるものを盛んに書いては発表している。「史実をベースにしたフィクション」とかなんとか、物故作家を主人公にして、しゃべらせたり恋をさせたり冒険させたり、なんだかんだ、ルソーだとかゴッホだとかモネだとかセザンヌだとかバーナード・リーチだとかを、いかにもそうであったかのように作中でふるまわせている。が、私は自分で書きながら（そして読み返して）常々、思ったものだ。――ほんとうにこのアーティストはこんなふうにしゃべっていたんだろうか？　と。何を根拠に、私はこんなふうに会ったこともない（当然だが）アーティストたちの会話を創っているのだろうか？

そこで、私は私に挑戦を課すことにした。目をかっぽじって、よーく読むのだ。いいな？

「目をかっぽじったら見えなくなるじゃないか！」と、ここまで読んで私は私にツッコんでみた。目をごしごしとこすってから、続きを読む。

この九月一日から八日まで、京都の清水寺でユニークな展覧会が開催される。〈CONTACT　つなぐ・むすぶ　日本と世界のアート〉というタイトルの展覧会だ。

「コンタクト……？」私は声に出してつぶやいた。どういう展覧会なんだ？

しかも、会場は美術館じゃなくて……清水寺？　って、あの「清水の舞台から飛びおりる気分で」って、思い切って何かをするときの慣用句にもなってる、あの清水寺で？

そう、その通りだ。あの世界遺産・清水寺だ。

「って手紙と会話が成立してるよ！」と私はまた声に出して言った。

ははは、と笑い声が手紙の中から聞こえてきたような気がしたが、もちろん空耳である。

いや、まあ、とにかく。

なにゆえ清水寺で展覧会などというとてつもなく胸躍る企画がなされるのかといえば、この展示は「ＩＣＯＭ（International Council of Museums：国際博物館会議）京都大会」の開催を記念して実施されるものなのだ。私は「ＩＣＯＭ」とひと言、聞いただけで、ぴょんと五センチくらい跳躍してしまう。なぜなら、私も「ＩＣＯＭ」の正会員だからだ。そうだろう？

「そうだとも！」と私は手紙に向かって答えると、実際にぴょんと跳びはねた。

ＩＣＯＭ！　世界じゅうの博物館・美術館を束ねる国際機関である。ミュージアムを取り巻く社会、環境、歴史、教育、調査、研究、さまざまな角度から専門家たちが協議し、協働する場となっている。世界大会は全世界から三千人のミュージアム関係者が集い、交流する三年に一度のビッグ・イベントだ。開催地は各国各都市のもち回りということだが、今年（二〇一九年）は日本で初めての開催、しかも日本が世界に誇る文化都市・京都がその栄えある開催地となったのだ。

なぜ私がかくもＩＣＯＭに詳しいかといえば、かつて美術館のキュレーターを務めていた時代からもちろんその存在は知っていたし、最近書いた小説の中にもＩＣＯＭを登場させたからだ。ＩＣＯＭは第二次世界大戦終結後、分断された世界をもう一度ミュージアムでつなごう、とのスローガンのもとに立ち上げられた。いってみれば、世界平和の象徴のような機関だ。私がＩＣＯＭの会員になったのは、そもそもこの「世界平和の象徴としてのミュージアム」という大義に深く深く同感したからである。そしてＩＣＯＭ会員は特典として、会員証を見せれば、世界じゅうの主要な博物館に無料で入れるのだ。ネット予約の必要も長蛇の列に並ぶこともなく、である。もちろん年会費を納めなければ会員になれないのだが、博物館関係者でなくとも「賛助会員」になれる。賛助会員になれば、正会員同様、世界じゅうのＩＣＯＭ加入館にフリーアクセスできるのだ。それってすごいことじゃないだろうか。うん、すごいぞすごい。

おいこら私、話がえらい逸れてるぞ。

「あ、すいません。つい……」と私は、手紙に向かって頭を掻いた。えーと、で、なんだっけ……。あ、そうだ、清水寺の展覧会の話だ。ＩＣＯＭ京都大会が二〇一九年九月一日から七日まで開催されるから、それに合わせて展覧会をやる（展覧会会期は九月八日まで）ってことなわけね。

そう、その通り。せっかく世界じゅうから三千人ものミュージアムのスペシャリストが京都に集まるんだから、この機会に、彼らをもてなす特別企画をしかけよう——

というアイデアなんだ。
舞台、というか展覧会の会場は、清水寺境内にある「成就院」と「経堂《きょうどう》」。それに「西門《さいもん》」や「馬駐《うまどめ》」なども展示場所となる。会場自体が貴重な文化財だから、それだけでも大いに見る価値がある。
さて、そんなすごい場所にいったい何を展示するんだ？　と思ったことだろう。何を展示すると思う？

「仏像？」

ってそりゃそうだろ?!　もうすでに展示されてるし！　いや、ちょっと待て私。「展示」じゃなくて「安置」だった。

「そうだよ、安置！　まちがえるなよ！」

私に言われたくないわ！　って自分が自分とボケツッコミしてる場合か?!

いや、まあ、とにかく、とにかくだ。展覧会には、十八世紀以降、日本と世界がなんらかの関わり合い――〈CONTACT〉を持ったことを示す作家と作品、そういうものが集まるんだ。日本国内にある美術館、プライベート・コレクションから。縁あって海外からはるばる日本へ渡ってきた作品の中には「なぜこんな名品が日本に？」とびっくりするようなものもある。また、海外のアーティストで日本に多大な影響を受けた人物もいるし、逆に日本から世界へ飛び出していって国際的に認められたアーティストもいる。日本と世界は、実はもうずっと以前から互いに影響を与え合い、尊敬し合い、切磋琢磨して文化・芸術を発展させてきたんだ。なんらかの方法で互いに「コンタクト（接触）」してきた日本と世界のアーティストとアートを紹介する、それが〈CONTACT〉展の「CONCEPT」というわけだ。

「へえ。そりゃおもしろい」と私は感心した。なかなか興味深い企画である。

しかも、舞台は清水。これがほんとの「清水の舞台」じゃないか。

それにしても、どんな作品が――アーティストが参加するんだろうか。

さあ、ここからが本題だ。参加予定アーティストは三十人、そのうち二十人が物故作家だ。以下、名前を挙げよう。

猪熊弦一郎
ポール・セザンヌ
ルーシー・リー
黒澤明
アルベルト・ジャコメッティ
アンリ・マティス
川端康成
司馬江漢
シャルロット・ペリアン
バーナード・リーチ
濱田庄司
河井寛次郎

棟方志功
手塚治虫
オーブリー・ビアズリー
ヨーゼフ・ボイス
小津安二郎
東山魁夷
宮沢賢治
フィンセント・ファン・ゴッホ
——どうだ、驚いたか？

ううむ、と私は思わずうなった。たしかに、日本と世界のビッグネームばかりである。宮沢賢治に川端康成、黒澤明と小津安二郎、そして手塚治虫ときた！　こりゃおもしろい。この面々がどんな作品を出展するのか、かなり気になるところだが……まあしかし、このラインアップならぜひ見てみたい。

もちろん、物故作家ばかりじゃない。現在も活躍中の作家も十人いる。その名前も知りたいだろうから、列挙しよう。

加藤泉
ゲルハルト・リヒター
ミヒャエル・ボレマンス
三嶋りつ恵
三島喜美代
荒木悠
杉本博司
森村泰昌
山田洋次
竹宮惠子

ううむ、と私はまたもやうなった。これまた大家《マスター》も新進気鋭《エマージング》も含めて、興味深い作家ばかりだ。

それにしても……三十人のアーティストの中に、美術家ではない巨匠たちがカウントされているのは、何かのまちがいだろうか？

そうじゃない。これらの巨匠たちは、西洋の美術をよく知り、芸術を深く愛し、かつ、世界じゅうにファンが存在する。そして彼らの肉筆原稿や資料はユニークであり、高い芸術性をもつ。ゆえに、〝アーティスト〟と呼称することができる。そういう理由でこの展覧会の参加アーティストに列せられているのだ。

ほおお、なるほどなるほど。と私は、もはや声にも出さずに、手紙に向かって激しくうなずき、同意の姿勢を見せた。そんな私の態度を察知したからだろうか、手紙の中の私はきらりと目を光らせ——いや、手紙に目なんかあるわけないのだが、そんな感じで——いきなり切り込んできた。

おい、私。のんきに相づち打ってる場合じゃないぞ。この手紙の最初の一行を読み返してみろ。なんて書いてある？

えっ、と私は我に返って、あわてて一枚目の便箋に戻った。

「この手紙は、挑戦状である。……」と読み上げると、

そう。この手紙は単なる手紙じゃない。挑戦状だ。

いまから、私は私にとてつもない無理難題を突きつける。私は物わかりが悪いほうだから、わかりやすく箇条書にしよう。箇条書の挑戦状なんて見たこともないがな……。

「それを言うなら挑戦状自体見たことも聞いたこともないよ……」と私は、無慈悲なんだか親切なんだかわからない私に向かってつぶやいた。が、手紙の中の私は私の文句には耳も貸さず、箇条書の挑戦状を突きつけてきた。

一、本状において前述した二十人の物故作家と会って、インタビューをする。

一、質問はひとつ、ないしはふたつとする。
一、必ず手土産を持参し、礼儀を尽くす。
一、インタビューのプロセスと内容をまとめ、掌編小説にする。
一、一編につき三千字〜三千五百字とする。
一、パソコンで原稿を書く。手書き原稿は受け付けない。但し、序章に限っては手書き原稿での入稿を認める。パソコンにログインできないみたいなので。
一、〆切りは二〇一九年（令和元年）六月十日とする。

「ええ━━━っ⁈」と私は叫び、同時に十センチ以上跳び上がった。なな、なんなんだこれは⁈
「ありえない！　〆切り六月十日って、今日六月一日だし！　今日入れて十日間しかないじゃないか⁈」

ってそこに反応か⁈　私はまた、どうやったら物故作家に会いにいけるの⁈　と、そこんとこにリアクションが欲しかったんだが……。

「いや、だってそれはいつも私がアート小説書くときにやってることだから、そんなに難しいことじゃないよ」と私は、そこんとこは結構落ち着いて返した。それより何より、十日間。十日間で二十編の掌編を仕上げるなんて、そんなムチャクチャな……！

いや、私ならできる。きっとできる。多分できる。できるんじゃないかな。

思い出してくれ。私はデビューから数年間、月産五百枚というハイペースで連載をこなしていた時期もあったじゃないか。日割りすると一日十六枚（四百字詰め原稿用紙換算）。一日六千四百字。今回の挑戦は一日二編仕上げるとして、最大七千字。ピーク時よりちょびっと多い程度じゃないか。な、できるよ。絶対に！

ううう――む、と私は三たびうなった。さすが私、新人の頃の私ががむしゃらに筋トレ執筆していたこともよおく覚えているじゃないか。

それから、ひとつだけ忠告しておこう。各作家との〈接触《コンタクト》〉はできるだけ短くすべし。さもないと消えないはずの〈星〉は、流れてしまう運命だ。決して忘れるなかれ。

おお、なんということだ。さすが私、私がどんだけ話が長いかも心得ている。あっちの話を聴くつもりがこっちの話になってしまって、時間そっちのけで話し込んでしまいがちなことまで予測しているとは……。いやしかし、消えないはずの〈星〉＝アーティストが私の長話に耐えきれずに流れてしまって、芸術の歴史から消え失せてしまっては一大事だ。心して取り掛からねば。

にしても、二十人。私にとっては遠い星々のような二十人の巨匠たちにいまから十日以内に会いにいかねばならないとは……。

「……なんてすばらしいんだ！」

私は思わず私をぎゅっと抱きしめた。というか、手紙をくしゃっと握りつぶした。すごい。すごいぞ私。こんなすごい（大変な）仕事（挑戦状）は、このさき一生、絶対に舞い込まないだろう。

やる。やるとき。やらねば。やれ私！

「あのー、すみません。ちょっと通してくれませんかね」

声をかけられて、私ははっとした。

雑居ビル一階の狭苦しい出入り口に立ちふさがって、私はずっと手紙と「コンタクト」してしまっていた。ビルに入居しているテナントの面々が数人、出入り口の手前に突っ立って白い目でこちらを見ている。

「あ、す、すみません。どうぞ……」

私は小さくなって隅っこに退いた。そして、くしゃくしゃにしてしまった手紙を広げた。

私から私への挑戦状を、さて、もう一度じっくり読み返そうじゃないか——。

と、便箋を見た私は、あっと息をのんだ。

便箋は真っ白だった。二十の星々の名前は、きれいさっぱり消え去っていた。

いのくまさん

私から私への挑戦状を受けて、私がまず会いにいこうと決めた相手は、画家・猪熊弦一郎だった。

出かけるまえから、すでに私は気分が華やいで、胸は軽やかに躍っていた。なぜって、心の中で「いのくまさん」と呼び親しんできた大好きな画家だもの。

「いのくまさん」というのは、これまた私が心底敬愛する詩人、谷川俊太郎が寄稿した絵本のタイトルだ。その絵本はこんなふうに始まる。

こどものころから　えがすきだった　いのくまさん。おもしろいえを　いっぱいかいた。

もう、そのまんま。気持ちいいくらいそのまんまである。それでも、ほんとうに猪熊さんというのはそういう人なんだろうと思う。すなおな線、のびやかな色。自由自在、明るく楽しく、清く正しく美しく。猪熊さんの絵を見ていると、そう思わずにはいられない。

その「いのくまさん」に会いにいくなんて、こんなに心弾むことがあるだろうか。東京郊外にある猪熊さんのアトリエを訪ねていくまえに、私は、挑戦状の言いつけ通り手土産をひとつ、と銀座三越に立ち寄った。地下食品コーナーで、猪熊さんの出身地である四国は香川県の銘菓「一六タルト」をまるっと二本購入。これは、ロールケーキの中身がこしあんという和洋折衷型銘菓で、私の好物でもある。旅先の四国で初めて口にして感激したものだ。店員さんにお願いして、立派な化粧箱に詰めてもらった。だって、あの三越の有名な包み紙——白地にツツジ色のやわらかな歪んだかたちがプカプカ浮かぶ包装紙で包んでもらいたかったから。そう、私はちゃんと知っていた。それは猪熊さんがデザインしたものなのだと。

猪熊さんは、「芸術というものは、一部の人に限られたものではなく、生活の中にあってこそ、皆がそれを共有する」というようなことを言っていたそうだ。生活の中の芸術。デパートの包み紙が美しい、そんなところにもふつうにアートを感じられる。それってとてもすてきなことじゃないか。

だけど、行政や企業は、財政難になると、まっさきに文化・芸術にかかわる予算をカットする。そんなものはなくても行政に支障はない、そんなもの削ったって会社の存続には関係ない。アートなんていらない、包装紙なんか美しくなくていい。そんなふうに切り捨ててしまうこともあるのではないか。

猪熊さんに聞いてみたいことはたくさんあった。が、〈接触《コンタクト》〉は短く。さもないと消えないはずの〈星〉が流れてしまう。そうなっては困る。私のみならず、猪熊さんの絵を愛する人々がとってもとっても困るのだ。

猪熊さんは、アトリエで私の訪問を待ってくれていた。ついきのう（私から私への挑戦状で）決まったことなのに、もう何ヶ月もまえから私の到来を知っていたかのように、「やあ、よく来てくれましたね。さあ、どうぞ、どうぞ」となごやかに招き入れてくれた。

私はといえば、お宅を訪ねる道々、だんだん緊張が高まってきて、しまいには右、左、右、左と歩けなくなってきて、右、右、左、左、と傍目からみると妙にリズミカルなテンポで到着してしまった。が、猪熊さんに会ったとたん、ひょろっと痩せて白髪にメガネのひとなつこい笑顔にすぐに気持ちが緩められて、あれっ猪熊さん誰かに似てるな、と思ったら、ムツゴロウさんに似ていたのであった。

「あのう、これ。おやつに、皆さんで召し上がってください」

私は風呂敷包みを解いて、あの包装紙に包まれた菓子折りを捧げ持って差し出した。ほう、と猪熊さんがうれしそうな顔になった。

「三越の……開けてもいいですか？」

どうぞどうぞ、と私は両手を掲げてリアクションした。猪熊さんはホクホクしながら包み紙を広げた。自分がデザインした包装紙を広げるのって、どんな気分だろう。あるいは、猪熊さんの大きな壁画が上野駅の改札口にあるけれど、猪熊さんは上野駅を利用するとき、自分の絵の下を通って電車に乗るっていうのはどんな気持ちなんだろう。

包みの中から現れた一六タルトを目にして、「これはまた、珍しいものを……」と猪熊さんは目を細めた。

猪熊弦一郎は、香川県高松市で生まれた。谷川俊太郎が書いている通り、子供の頃から絵が大好きで、絵のことばかり考え、追いかけてきた。東京美術学校（東京藝術大学）に入学後、生涯の師となる洋画家、藤島武二の教室に通って絵の技術を磨いた。

さらに絵を学ぶために渡欧し、南仏・ニースにアンリ・マティスを訪ねる。そのとき、マティスから決定的な言葉をぶつけられる。「君は絵がうますぎる」と。その言葉は決して褒め言葉ではないと、猪熊さんはすぐに理解した。「思ったことを素直な、虚飾のない姿でカンヴァスにぶっつけることこそ一番大切だ」と彼は、偉大な先達の言葉を解釈した。それから彼は、画題に凝ったり、技巧に走ったりすることをやめた。まっすぐに、ひたむきに、素直な絵を創り出すことに注力した。パリばかりでなく、ニューヨーク、ハワイ、東京と、一箇所にとどまらず、グローバルに活躍の場を移したのも、自由自在に描くことを求めた結果だったのかもしれない。

「三越の仕事を受けたのは、戦争が終わって四、五年経った頃かな。画家が包装紙のデザインなんて、と言う輩もいたけど、僕はむしろ、包装紙のデザインに画家を起用しようというデパートの姿勢に明るいものを感じたんですよ。芸術が高みにとどまらず、生活の中に入ってくるようになった。戦後の日本人の心が豊かになりつつあるんだと、歓迎したい気持ちでした」

包装紙を几帳面にたたみながら、猪熊さんは語った。ツツジ色の模様は、どんなふうに思いついたのだろうか。

「あれは、千葉の犬吠埼の浜辺をぶらぶらしている最中に、石を拾ったとき、ピンときたんです。日本が戦争に敗けて、日本人は縮こまっていた。『何か強いものを』と、みんなを勇気づけるものにしたかった。人々が荒波に耐える石のように強くなってくれたら、と。そんな思いを込めたんです」

包装紙ひとつにも深い祈りが込められていたのだ。それを聞いて、私は急に、猪熊さんがきちんと包装紙をたたんだ所作がとても尊い行為のように思えてきた。

「市役所、食堂、駅、大学、猪熊さんがさまざまな公共の場に作品を提供してきた背景には、芸術は広く一般のものであるから、というお考えがあってのことでしょうか」

少し生意気かなと思いつつ、そう訊いてみると、猪熊さんは、こっくりとうなずいた。

「僕はね、世の中に美がわかる人を増やしたいんだ。そうすることで世の中が平和になると思う。美がわかる人は、人の気持ちがわかる。人の気持ちがわかる人が増えれば、戦争がなくなるはずだ」

猪熊さんの言葉は、祈りのつぶやきのように私の胸に響いた。それは、清澄で美しい真理の言葉だった。

もっと話を伺いたい、いつまでも猪熊さんと向き合って時間を過ごしたい。そんな思いが胸をよぎった。けれど、私は去らなければならなかった。猪熊さんという消えない星を、私たちがこれからも見上げ続けるためにも。

「今日はありがとうございました。お忙しいところ、お邪魔いたしました」

席を立つと、「ちょっと待って」と呼び止められた。

「どうして一六タルトを持ってきてくれたんですか?」

私は照れ笑いをして答えた。

「猪熊さんの生まれ故郷の銘菓ですから。懐かしんでいただきたくて……」

猪熊さんは、もう一度、にっこりと微笑んだ。

「お気遣いありがとう。大切にいただきます」

去りがたい思いを胸に秘め、私は猪熊弦一郎邸を辞した。

とぼとぼと帰る道々、急に、あっと思い出した。

私が一六タルトを口にしたのは道後温泉で、だった。てことは、猪熊さんの生まれ故郷の香川県じゃなくて……愛媛県の銘菓じゃないか。

はあ、と私は、空に向かって息を放った。別れてからなお、猪熊さんのやさしさが沁みてきた。

いのくまさん。それは、人にやさしい星の別名——なのだ。

曲がった木

小高い丘へと続く上り坂を私はたどって歩いていた。坂道はなだらかだったが、長かった。

夏至間近の南仏、エクス＝アン＝プロヴァンスの真昼である。太陽は中空に高々と上がり、木々の緑が周辺を覆い尽くしている。繁みのあちこちで鳥たちがさえずりを交わし合っている。

エクス＝アン＝プロヴァンス駅から三十分以上も歩き続け、すっかり汗をかいてしまった私は、涼やかな緑陰に羽根を休める小鳥をうらやましく思いつつも、いや、あと少しでアトリエに到着するのだから、ここで悠長にひと休みしている場合じゃないぞと我が身にピシリと鞭を入れて歩みを速めた。あと少し、もう少し。がんばれ私。

目指すはあのモダン・アートの巨匠、ポール・セザンヌのアトリエである。

私は、巨匠への手土産として、紫陽花《あじさい》を一輪、連れてきた。私が歩くたび、紫がかった青い花の頭がふるふると揺れる。セザンヌ訪問のお供にこの花を選んだのには理由があったが、その理由は後述するとして。

鬱蒼と木々が生い茂る丘の中腹に、濃い緑に包まれるようにして小さな家が建っていた。ここが、名高いレ・ローヴのセザンヌのアトリエである。

木戸の前で乱れた呼吸を整える。コン、コン、とゆっくり二回、ノックした。もしかすると、セザンヌの肖像画・最多出演モデル、夫人のオルタンスが出てくるかもしれない——と思い、私はにわかに緊張を高めた。

セザンヌ夫人は、絵を見た限りではけっして美人とは言えない。けれど、この森のようにしっとりとみずみずしく、古木のように落ち着き払った空気をまとった女性像には、画家の妻に対する深い愛情が感じられるのだ。セザンヌの子供を産んでもなお実家に紹介してもらえず、長いこと「隠された存在」だった。にもかかわらず、鳴かず飛ばずだった時代にも彼を支え続けた、文字通りの「糟糠の妻」である。もういまどき「糟糠の妻」なんて時代遅れも甚だしいが、ほんとうにそう呼ぶ以外に思いつかないほど、オルタンスは糟糠の妻なのである。そう、そしてオルタンスという名前は「オルタンシア」、つまり紫陽花を指すのである。だから私は、紫陽花を一輪、捧げ持ってきた——というわけである。

が、私の期待に反して、ドアを開けたのはセザンヌその人だった。

禿頭にあごひげの細面、自画像そのまんまの顔がいきなり現れて、私は面食らってしまった。セザンヌはいぶかしそうなまなざしで、誰？　と言わんばかりに私を見ている。私は態勢を立て直して、「こ……こんにちは、セザンヌさん」と言ってみた。心の中で準備していた最初のあいさつ。セザンヌが傾倒していた写実主義の先駆者、ギュスターヴ・クールベの作品のタイトル「こんにちは、クールベさん」に引っ掛けて。

が、セザンヌは私の気が利いたあいさつにはまったく気づいてくれなかった。

「なんだね。私は仕事中なんだが」

絵に描いたような気難しい顔をして、そっけなく返してきた。私は一瞬、ひるんでしまった。いやしかし、ここまで来て引き返すわけにはいかない。

「すみません。どうしてもお話を聞きたくて。短くていいんです。いえ、短くなくてはならないのです。あなたがどうして歪《いびつ》な山や曲がった木ばかりを描かれるのか……いえ、山や木ばかりでなく、洋梨もリンゴも、砂糖壺も、人間でさえも、どこか歪んでいて、それなのにすなおで凛々しい姿かたちに見えるのか……あなたの絵の秘密を教えていただきたいのです」

そして「これを」と、紫陽花を差し出した。

「世界でもっとも美しいひとである、あなたの奥さまに」

セザンヌは、目の前にひょこんと差し出された紫陽花に視線を移した。彼の鳶色の瞳がぐぐっと寄り目になり、ふとやさしくなった気がした。

「家内の好きな花だ。ありがとう」

つぶやくように言って、セザンヌは紫陽花を受け取ってくれた。そして私は中へ入ることを許されたのだった。

アトリエはとてもシンプルな四角い箱だった。大きな窓は北向きで、安定した光源になっているのがわかる。広い壁の高い位置に長い棚がしつらえてあり、そこにさまざまなオブジェ――砂糖壺、花瓶、水差し、皿、ボウルなどがずらりと並べてあった。その下には引き出し付きのチェスト、椅子、小卓、イーゼル、額入りのドローイング、果物、テーブルクロス、キューピッド像などが雑然と、しかし不思議な秩序をもって置かれている。どのオブジェも、セザンヌの絵でおなじみのものばかりだ。一歩踏み入るや、私は、子供のように「うわあ」と声を上げた。

「すごい。まるで、セザンヌの絵の中に入ってしまったみたいだ」

思わず言うと、セザンヌは、さっきまでの不機嫌そうな様子はどこへやら、くっくっとのどを鳴らしてさも面白そうに笑った。私は年甲斐もなくはしゃいでしまったことを気恥ずかしく思ったが、それでも、セザンヌの絵の中に入り込んで絵の中のセザンヌと対面している気分のままで、セザンヌと会話することになった。

「芸術の中心地であるパリを離れて、生まれ故郷で制作を続けておられるほんとうの理由は、何なのでしょうか。世間では、あなたが偏屈だとか、印象派の画家たちと仲間割れしたからだとか、色々に言われていますが……」

「おや。色々に言ってくれるね」

ぎろりとにらまれて、「あっ、すみません」とあわてて詫びた。すると「いいんだよ。わかっている」と、今度はさらりと受け止めてくれた。

「私はね、印象派の革新性にはいち早く反応したんだよ。彼らこそは与する価値のある仲間だとわかった。だから、モネやピサロやルノワール、それにカイユボットなんかとは、互いに追いつけ追い越せ、日々自分だけの表現を求めて切磋琢磨し合ったものだ。が、そのうちに、なんていうか……あまりにも軽やかすぎると感じるようになったんだ。彼らの手法が……」

自分は移ろいゆく光ばかりを追いかけるのではなく、それが山であれ、木であれ、リンゴであれ、人であれ、もっと「堅牢な何か」を絵の中に求めたかった——とセザンヌは言った。

「もとより、私は、仲間たちから五歩も十歩も遅れていた。若かりし頃、将来は画家になろうと心に決めても、父の言いなりで大学の法学部に通ったし、パリに出てからは美術学校《ボザール》に入学ができなくて画塾に通った。結局やりきれずに、エクスに帰って、またパリへ戻って……なんとも定まらない、寄る辺のなさだったよ」

何度落選しても官展に応募し続けたのも、結局は「堅牢な何か」を求めていたからだった。知り合いのつてでついに入選を果たしたが、その結果をもってしても彼が希求していた「堅牢な何か」は得られなかった。

「ところが、この地に根を張ると決めてカンヴァスに向き合ってから、ようやく見えてきたんだ。私自身が何を求めていたのか。私が求めていた『堅牢な何か』が、何であるか」

ふるさとの澄んだ大気の中に悠然と構えているサント＝ヴィクトワール山。太陽を求めて自由に枝葉を伸ばす松の木々。歪なかたち、曲がりくねった姿の中にこそ、何事にも動じない自然のたくましさと真理を見出した。その普遍的な美しさは、一個のリンゴ、ひとりの人間にも等しく備わっている。それこそが、永遠に変わらない堅牢なるもの。

「だから私は、山を描いても、木を描いても、リンゴを描いても、妻を描いても、それらに共通するもっとも普遍的なものを抽出して描きたいと思っている。見たままに自由に描く、というよりも、私にはこう見えている、それを伝えるために描いているんだ」

「何を描いても根っこは同じ、ということですね」と言うと、

「そういうことだ」とセザンヌは、ほんのり満足そうな表情を浮かべた。

「ところで私は、あなたの風景画——遠景にサント＝ヴィクトワール山、近景に松林を配した絵を見ると、不思議な既視感を覚えます。日本の浮世絵を思い出させる、

というか……」

　そう言ってみると、「いかにも」とセザンヌはうなずいた。

「モネほどではなかったにせよ、私も浮世絵に学んだ。特に北斎の絵は、私に多くのものをもたらしてくれたよ。見たままに描くのではなく、たとえば風景を画面にデフォルメして再構築する。そんなことも許されるのだと教わった。私もまた、モネ同様、北斎の生徒のひとりなんだ」

　巨匠に見送られて、私はアトリエを出た。別れ際に、「ひとつ質問があるんだが」と、セザンヌに問いかけられて、私は、「はい、なんでしょう」と居住まいを正した。

「日本の絵の中の松は極端に曲がっているが、ほんとうにあんなふうに曲がっているのかね？」

「ええ、ほんとうです」と私は答えて言った。

「少なくとも画家には、そう見えているのです」

　我が意を得たりと、セザンヌは笑った。おおらかな山が、曲がった木が笑っているように、私には見えた。

雨上がりの空を映して

その朝、私は異様に早く目覚めて、出かけるまでの時間を持て余し、ハイド・パークで散歩をすることにした。

九月末、日本ではようやく秋風が吹き始めるかという時季だが、ここロンドンでは早朝はセーターを着込まないと寒いくらいである。薄手のトレンチコートを羽織っていた私は、コートの襟を立ててほうっと息を放ってみると白かった。もうすっかり秋なのである。

広大なハイド・パークの木々は早くも色づき始めていた。私は公園内の小径を歩きながら、彼女――陶芸家、ルーシー・リーは、こんなふうに四季のうつろいをここで眺めながら暮らしているのだろうか、と想像した。大都会での生活は、ときにきゅうくつかもしれない。けれど、この公園の近くであれば、豊かな自然がもたらす美しい色を、かたちを、器に写していくことができる。きっとそうに違いない、と思い至った瞬間、目の前をさっと小さな茶色い影が横切った。あれっ、いまの猫だった？　が、猫にしては野性的で機敏な動きだった。巨大なリスだったのかもしれない。

などと、いつのまにかのんびりしてしまって、気がつくと約束の時間まであと十分しかなかった。ハイド・パークに隣接するケンジントン・ガーデンズの池のほとりのピーター・パン像のあたりにいた私は、あわてて公園の北側を走る道、ヘイズ・ウォーターロードへ出た。ロンドン名物、真っ赤な二階建て《ダブルデッカー》バスが鼻先をかすめて通り過ぎる。ルーシーの住居兼アトリエは、ここから徒歩七、八分、アルビオン・ミューズにある。さっきまでののんきな散歩とはうって変わって、私は小走りでその場所へ向かった。

ブラウンストーンの外壁を埋め尽くして緑の蔦が生い茂っている。ドアをノックすると、仕事の途中だったのだろうか、エプロンをつけたルーシー・リーが現れた。ショートカットの白髪、人なつこい笑顔で、「ようこそ、来てくださってうれしいわ」とあたたかく迎え入れてくれた。

「今朝は少し冷え込んだわね。あたたかいお茶をいれましょう。そうだ、日本茶があるのよ。いかが？」

気取らないけれども品がいい、彼女は彼女自身の創る器そのもののような空気をまとっていた。よく使い込まれてあじわいのある白木のテーブルの前にちんまりと座って、私はもじもじと手土産の包みを手渡した。九段下・一口坂「さかぐち」のおかきとあられの詰め合わせである。色とりどりの小さなあられを目にして「まあ、かわいい」とルーシーは目を細めた。

「日本のものは、なんでもこんなふうによく作り込んであって、とてもきれい。私、大好きなの。日本のものは、なんでも」

そうして、やはり白木の食器棚から、ふくふくと泡立った抹茶色の少し歪んだ円形の器を取り出し、あられの小袋の封を切って、さらさらとその中に注いだ。間違いなく、ルーシー・リー自作の器である。その中に「さかぐち」のあられが……。それを見ただけで、私の目がしらは熱くなってしまった。

やはりかすかに歪んだ、あたたかみのある白の茶器セットがテーブルの上に並んだ。湯のみの澄んだ緑茶が小さな池のように見える。ルーシーはピンク色のあられをひとつまみ、ぽいと口の中に放り込んだ。ぽりぽり、さくさく。

「うん、おいしい。すてきだわ」

って言うあなたがすてきです。私はこっそり、うっとり、ため息をついた。

「こちらへ伺うまえに、ハイド・パークを散歩してきました。ロンドンのど真ん中なのに、自然がたっぷりあって……」

目の前を、ひゅっ！　とリスが走り抜けたと話すと、ルーシーはくすくす笑って、「それ、キツネよ」と教えてくれた。

「えっ、キツネ?!　ロンドンのど真ん中なのに？」私が驚くと、

「私は一九三九年からここに住んでいるけど、あそこにはキツネもウサギも白鳥もいるのよ。ピーター・ラビットの家族もいるかもしれないわよ」

などと笑っている。なんてチャーミングな人なんだろう。そして、なんてチャーミングな暮らしなんだろう。まるで彼女が創り出す器そのものだ。

けれど、ルーシー・リーは、その昔、ルーシー・リーではなかった。彼女のもともとの名前はルツィエ・ゴンペルツ。ユダヤ系オーストリア人だった。第二次世界大戦勃発前夜、ナチス・ドイツに合併された故国から逃れて、ロンドンに住み着い

た。それからはイギリス人陶芸家として活躍している。

ウィーンで陶器創りに目覚めたルーシーは、すでに一九三七年のパリ万博（ピカソが『ゲルニカ』を発表した万博だ）に出展し、メダルも授与されていた。母国での輝かしいキャリアが約束されつつあったのだ。それなのに亡命しなければならなかった運命を、しかし彼女は呪うことなく、ただただ器を、清澄で心休まる器を創り続けてきた。彼女の器は、戦争が世界に暗い影を落とした時代も、ようやく訪れた平和な世の中であっても、変わらずに澄み渡っていたのだ。

それでも当初は、彼女が敬愛していた陶芸家、バーナード・リーチに批判されたりして、厳しい試練の時期もあった。自分がもっとも評価してもらいたい人にこっぴどくやられたのは、相当応えたはずだ。でも、リーチは単なる意地悪でルーシーをやっつけようとしたんじゃない。きっと彼女の真髄を見抜いていたんじゃないか──と思うのは、私がリーチ贔屓《びいき》だからだろうか。

「バーナード・リーチは、あなたの作品のどんなところを評価できなかったんでしょうか」

こんなチャーミングな人にそんな意地悪な質問をするなんて、私こそ本物の意地悪だと思いつつも、最短で核心にふれなければならない。それが私の使命なのだと気持ちを強くもって、私は礫のような質問をぶつけてみた。ルーシーは、ふうん、と少し考え込んだ表情になった。

「強い炎で焼かれた強い土塊《つちくれ》の陶器が、彼の目指していたものだった。その要素が私の創るものにはないと、はっきり言われたわ」

そりゃあキツい。でも、確かにわかる。だって、たとえば、バーナード・リーチと濱田庄司と富本憲吉は、同じ傾向の陶芸家だ。ルーシーは明らかに違う。彼女の作品の軽やかさ、くったくのなさ、それでいて繊細で、品があって、ぐっと引き寄せられる強さは独特のものだ。そう、言ってみればリーチや濱田や富本はポール・セザンヌ。ルーシーは、クロード・モネ。源流は同じだが、それぞれが支流に分かれて、それぞれの個性をきらめかせながら流れを作っていった。それぞれにすばらしい。それでいいじゃないか。

ルーシーは、何か思い出したように、ふふふ、と笑って、

「でもね。ずっとあとになってから、バーナードに言われたの。私と君とは違う。だからいいんだ、ってね」

そう聞かされて、私は、ほっと胸を撫で下ろした。

「あなたがご自身の陶芸の道を究める上で見出した手法……搔き落としや象嵌には、日本の工芸の気配があります。そんなところも、リーチは認めたに違いありません」

生意気を承知で言うと、ルーシーはにっこりといい笑顔になった。

「ええ。それに、日本の古代土器もすばらしいわ。私は、バーナードと同じく、あなたの国からたくさんの贈りものをいただいたと思っているのよ。ほんとうに、ありがとう」

突然礼を言われて、私は、「いいえ、そんな……」と照れて頭を搔いた。

「私は何も、お役に立てず……ただ、日本人というだけで……」

「あら、そんなことはないわ。こうして、コンタクトして、わざわざ会いにきてくれたんだもの」

ルーシーの声には感謝の念がにじんでいた。コンタクトして会いにきた、ただそれだけ。それでも、彼女は喜んでくれた。私もうれしかった。

もう帰らねば、という私を引き止めて、「日本に行ったとき教えてもらったのよ」と、ルーシー・リーはていねいに抹茶を点ててくれた。テーブルに登場した瑠璃色の茶碗は、雨上がりの空を映したようなさわやかさだった。

歪んだ器の中で、ふくふくと泡立つ抹茶。ほんのり苦く、なつかしく、ふいに涙を誘う味だった。

ちょうどいいとこ

その日の午後、私は東京都世田谷区成城にある黒澤明監督の自宅を訪ねる予定であったが、あえてかなりの遠回りをした。

実はその前々日に三重県松阪市へ行き、松阪駅近くの格安ビジネスホテルに一泊して、翌日朝いちばんで「和田金」を訪ね、名物のすき焼きを口にすることもなく、店先で「お持ち帰り用特上松阪牛一キロ」を注文し、保冷剤をぎっしり詰めたクーラーボックスにそれを入れ、肩から提げて、えっちらおっちら、松阪駅まで戻り、近鉄線と新幹線を乗り継いで、自宅まで帰り、松阪牛を冷蔵庫に入れて、一晩寝て起きて、その日を迎えた、というわけである。

黒澤邸へ赴くのにわざわざ松阪を経由したのには理由があった。黒澤監督は無類の肉好きとの情報を事前に得ていた。となれば、浅草・今半のすき焼きセットを持参するのがいいだろうか、いや、はたまた米沢牛だろうか。いや待てよ神戸牛というのも捨てがたい。それを言うなら宮崎牛も最近はすごいらしいじゃないか、ああでもやっぱりここは松阪牛だろうか。うーむうーむと三日三晩、頭の中は肉祭りになり（しかも高級和牛限定）、結果、ずっと以前に一度だけ魔が差して食べにいったところ私の中で肉の地殻変動が起こった、あの松阪牛専門店「和田金」の特上肉がよかろうと結論した。

して、わざわざ買いにいった。「お取り寄せ」せずに自ら買いにいったのにも理由があった。黒澤監督はとにかくホンモノ志向なのだ。お取り寄せなどせずに、自分で取りにいったものを持参する、その行為に敬意を込めよう。無論、わざわざ松阪まで行ってきましたなどと、無粋な説明はすまい。見えないところで努力をする、「赤ひげ」でカメラに映らない薬棚の引き出しの内側まで漆を塗ったという監督のこだわりに、私も応えたい。その一心だった。

玄関先に現れた黒澤明は、えっ、と一瞬引いてしまうほどスラリと背が高く、カッコよかった。私はすっかりのぼせてしまい、挨拶もそこそこに、クーラーボックスをぶるぶる震える両手で差し出して、

「あっ、あのこれ、監督のお好きな肉、おおお肉です、まままま松阪の。松阪牛です、松阪「和田金」の。あの私、監督はほほ本物以外受け付けないであろうと想像いたしまして、あのつ、おととい松阪へ行って一泊四千円のビジネスホテルに素泊まりして、昨日開店と同時に「和田金」へ馳せ参じまして、この肉を、あの、お土産に」

いきおい全部バラしてしまった。

監督は、ひょいとクーラーボックスを受け取ると、「早く上がって。いま、ちょうどいいとこなんだから」と言った。え？　と私は目をパチクリさせたが、早く早く、と急かされて、大急ぎで靴を脱ぎ、揃えるいとまもなく、中へと連れていかれた。

応接間に入ると、中央にどんと据えてある大型テレビに出迎えられた。そこに映っていたのは、「ポーズ（一時停止）」したモノクロの映画のワンシーンだった。老いた男女の後ろ姿。防波堤に座って、海を眺めている。あれっ、この映画って、もしかして。

「笠智衆と東山千栄子。『東京物語』だ」

私が言うと、「そう」と監督が短く言った。地元の尾道から子供たちが暮らす東京へ出かけたものの居場所を見つけられなかった老夫婦が、戦死した息子の嫁との交流に安らぎを見出す。穏やかで静かな映像美、そして深く沁み渡る物語。いやあ、やっぱり小津安二郎監督すばらしい。じゃなくて、私が会いにきたのは黒澤明、世界のクロサワなんですけど。

「こんなふうに他の監督が撮った映画も、ビデオでご覧になられるんですね」

意外な気がしてそう言うと、

「しょっちゅうだよ。いい映画は繰り返し観る。小津さんのは特にね。若い頃は、辛気臭いのを撮るなあと思っていたけど、この頃はよくわかるね」

しみじみと言った。いまや世界中の映画監督が黒澤監督の影響を受けていると言っても過言ではない。が、巨匠は名声に驕ることなく、こうして時間があれば映画を観、映画のことを考えている。映画が好きで好きでたまらない、そういう人であった。

黒澤監督は、もともと画家を志していたのだそうだ。芸大を受験して失敗、それでもあきらめきれず、画学校に通って洋画を描いていたという。二科展に入選したこともあるらしい。ひょっとしたらそのまま画家になっていたかもしれなかった運命を、映画へと向かわせたものはなんだったのだろうか。

「そうだね、もしかすると映画も絵の延長みたいに思っていたのかもしれないね。僕の親父は、映画は教育にいいと思っていたほうだから、物心がついた頃には映画を観に連れていかれてたよ。だから、子供の頃から映画には馴染みがあった。僕はドストエフスキーとかプロレタリア文学に傾倒して、労働と社会のあり方みたいなことに関心が強かったときに絵を描いていたんだが、そのうちに絵じゃなくて、映画で自分の思想を表現できるんじゃないかと思うようになった。で、絵に見切りをつけて、たまたま新聞広告で見つけた映画製作所の助監督募集に応募したら、受かっちゃった。倍率百倍だったのに」

百倍！　つまり百人にひとりの逸材であるということを、その会社はちゃんと見抜いたというわけだ。黒澤監督もさすがだが、当時の映画業界もさすがである。

助監督時代から脚本も手がけ、早くも才能を発揮していた黒澤明だったが、戦中、「姿三四郎」で監督デビューを果たした。芸術・文化にとっても困難な時代であったにもかかわらず、これがヒットしたというから、やっぱりさすがである。

その後も次々とのちに代表作と呼ばれるようになる大作を手がけ、カンヌ映画祭、ヴェネチア国際映画祭、アカデミー賞などなど、海外の映画祭でも数多く受賞。一九五〇年代には、「世界のクロサワ」と呼ばれるようになる。

日本が敗戦国となって自信を喪失していた時期に、精力的に映画を創り、それをもって世界に勝負を挑む姿勢、そして結果的に世界に認められたことは、多くの日本国民の励ましとなり力になったに違いない。

「国際映画祭に果敢に出品を続けたのには、敗けを喫した日本人に誇りを取り戻したい、そんなお気持ちもあったのでしょうか」

と訊くと、

「まさか。そんな大げさなものじゃないよ」

あっさりと覆された。もちろんだよ、なんてすなおに答えるはずはないとわかっていたが。

「でもまあ、やってやろうじゃないか、とね。僕だけじゃなくて、一緒にやっていた連中がみんなそう意気込んでいたよ。僕はこだわりも強いし、妥協も絶対嫌だった。それがいいものに仕上がったかどうかはそれぞれの主観があるからわからないけど、とにかく自分として『こう創りたかった』ってものに仕上がらなかったらダメだった。仕上がったものは自分で納得してるものだから、イタリアに出そうがフランスに出そうがアメリカに出そうが、まあ観てよ、という感じでね。それが結果的に受賞というか、ある種の評価につながったんだとしたら、それでいい。そしてそれが、結果的に日本の人たちを元気づけることにつながったんだったら、もっといい」

私は、ほとんどすべての黒澤映画を観てきたが、何かの拍子でふいに「いいよなあ」と思い出すシーンがいくつかある。たとえば、「七人の侍」。山賊に襲われて切羽詰まった農民たちが侍になけなしの米を差し出すシーン。モノクロの画面に米の白がまぶしいくらいで、当時の米が農民たちの命にも等しい価値のあるものだと伝わってきた。あるいは「野良犬」で、刑事が犯人を追いかけて疾走するシーン。俯瞰撮影で、画面の右下から左上に向かって刑事が駆け抜けていく。ちょうど真ん中あたりで刑事がかぶっていたソフト帽が頭から転がり落ちる。それでも振り向きもせずに駆け抜けるのだ。緊迫感溢れる画面に、見る者は一気に引き込まれていく。

そして、あの不朽の名作「生きる」。役場の閑職にある主人公・志村喬が、余命を宣告されて、公園造りに人生最後の夢をかける。夜のブランコにひとり揺られて、『命短し恋せよ乙女』とつぶやくように歌うあのシーン。ああ、ダメだ、思い出しただけで涙が……。

「すみません、『ちょうどいいとこ』でお邪魔してしまいまして。そろそろおいとまいたします」

ちょっと潤んだ声になってしまった。すると黒澤監督は「なんだ。また話のちょうどいいとこなのに、帰ってしまうのか」と、どこかしら残念そうな声で言った。

「はい。お肉、召し上がってください。あ、できれば冷蔵庫に入れておいてくださいね」

「ああ、そうだった。今日の訪問のために、わざわざ松阪まで行ってくれたとは、君もなかなかのこだわりじゃないか。せっかくだから、食べていけばいいよ」

「いいえ、そういうわけにはいかないんです。お誘い、ありがとうございます。お気持ちだけで、もう十分。お腹も胸もいっぱいです」

もう行かねばならない。ちょうどいいとこだった。でも、だからいいんだと、自分に言い聞かせていた。

擬態

晴れ晴れとした夏空が大運河《グランド・キャナル》の彼方に広がっている。たっぷりした翡翠色の水を分けながら、大勢の人々を鈴なりに乗せた水上バス《バポレット》が進んでいく。水上を行き交う小型船に交じって、幾艘ものゴンドラが揺れている。

そう、ここは水の都・ヴェニス。私はいまから、現代彫刻の巨匠、アルベルト・ジャコメッティに会いにいくのだ。

とはいえ、なにゆえヴェニスでジャコメッティなのか。生まれ故郷のスイスはボルゴノーヴォではなく。はたまたスイス印象派の画家だった父・ジョヴァンニと母、そしてのちに家具職人になった弟ディエゴとともに暮らしたやはりスイスのスタンパ村でもなく、美術を学び彫刻家を志したジュネーヴでもなく、彫刻家として名を成したパリでもなく、ヴェニスなのか。それには深いふかーい訳があった。

ここヴェニスでは、二年に一度、「ヴェネチア・ビエンナーレ」と呼ばれる現代アートの祭典が開催されている。メイン会場のジャルディーニ内に各国のパヴィリオンが建ち並び、その年イチ押しのアーティストの展示を行う。言わばアートのオリンピックみたいな感じだ。メイン・パヴィリオンとなっているイタリア館では、イタリアのみならず複数の国のさまざまなアーティストが紹介されるのだが、実はここでジャコメッティの特別展示がされているということで、大きな話題になっているのだ。これを見逃す手はないぞと、私は勇んでヴェニス入りしたのだった。

ジャルディーニは船着場の目の前にあった。緑豊かな木立の合間に各国のパヴィリオンがある。日本パヴィリオンもその中にある。どれもが各国を代表する建築家が手がけたユニークな建物だ。ちなみに日本のはモダン建築の巨匠・吉阪隆正の設計である。ひとつひとつのぞいてみたい誘惑に抗いながら、私は正面にどどんと構えて来館者を待ち受けるイタリア館へ直行した。

ジャコメッティの展示室は完璧な白い立方体であった。四、五メートルほどもあろうかという天井高、木の床。ほとんど色のない部屋の中のあちこちに、あの独特のごつごつとして骨と皮ばかりの人間の立像がすっ、すっ、すっと佇んでいる。私はあっけにとられた。大きい。まるで大木だ。枝葉を落とされてなお倒れない、強靭な古木のごとき人間の姿がそこにあった。

　文字通りぽかんと口を開けて立像たちを見上げていると、

「君かね？　日本から私を訪ねてきた物書きというのは」

　背後から声をかけられて、私は跳び上がってしまった。振り向くと、巻き毛の白髪頭にスーツ姿、哲学者のような風貌のアルベルト・ジャコメッティが立っていた。私はすっかり面食らってしまった。

　いつからそこにいたのだろう。私はあわてて答えた。

「は、はい。そうです」

「君がこの部屋に入ってきたとき、私は君の目の前にいた。そして笑いかけたのに、君ときたら、完全に無視だった」

　ちょっと不機嫌そうな声で言われて、私はまた跳び上がってしまった。

「も、申し訳ありません。いやあの、一瞬にして展示に心を奪われていたので、まさか、アーティスト本人がそこに潜んでいたとは、まったくもって気がつきもしませんでした」

まるで擬態である。私はすっかり冷や汗をかいた。ジャコメッティは気むずかしげな表情をかすかに緩めて、

「ところで、ヤナイハラはどうしている？　元気でいるだろうか」

突然、訊いてきた。私は、えっ？　と聞き返しそうになって、どうにか止めた。ヤナイハラ。ジャコメッティがヤナイハラと言えば、それは当然、彼の友人にして彼の絵と彫刻のモデルを務めた哲学者、矢内原伊作のことに違いなかった。そして当然、私は矢内原伊作と何の交流もなかったし、残念ながら短い「接触」リストに彼は挙げられていなかったから、いままでもこの先も会うチャンスはなかった。

が、「日本人が自分を訪ねてきた」という事実に、ジャコメッティは矢内原伊作を重ね合わせているのだ。私と矢内原伊作になんの接点もなくても、私が日本人というだけで、彼は期待しているのだ。矢内原の消息を知ることができるんじゃないかと。老彫刻家の意図を感じ取った私は、勇気をもって答えた。

「はい。お元気でいらっしゃいます。とても」

ジャコメッティは、満足そうに、ひとつ、うなずいた。私のひと言で、彼の表情は不思議なくらい和らいだ。

「あなたと日本のつながりは、やはり、矢内原さんの存在なくしてはあり得なかったのでしょうか」

ジャコメッティは、両腕を組んで「もちろんだ」と即答した。

「しかし、私はヤナイハラが日本人だと意識したことはない。ヤナイハラはただヤナイハラだった。それだけだった。それがすべてで、それでじゅうぶんだった」

実存主義的なコメントは、それこそ「それでじゅうぶん」ジャコメッティと矢内原の深い交流を感じさせるものだった。

矢内原伊作はサルトルやベルクソンを研究するためパリに留学。その間にジャコメッティと知り合い、交流を始める。留学期間を終えて帰国する直前、矢内原は行きつけのカフェでジャコメッティに別れの挨拶をする。そのとき、「君の顔を描こう」とジャコメッティは、手元にあった新聞紙にデッサンを描き始めた。何度描いてもうまくいかない。あと少しだけ、もう少しだけと引き止められ、結局、矢内原は帰国の期日を延ばすことになってしまった。一日や二日の延期ではない。なんと二ヶ月半も延期したという。っていったいどういう引き止め方をしたんですか?!

「あのときのことはよく覚えている。描けば描くほど、どんどん彼から遠ざかってしまうんだ。もとより、似せて描こうとしていたわけでもないんだが。彼という存在そのものに肉迫したい気持ちがあった。私の友人、ヤナイハラとは誰なんだ。いま、私から遠ざかって日本へ帰ってしまおうとしているこの人物は、いったい私にとって何者なんだ。それを私は、絵の中で、彫刻の中で確かめてみたかった。しかし……結果的に、彼を知ろうとする行為は、私にとって創作の苦痛をもたらすことになった。絵に描いても、立体に表しても、私の創作によるヤナイハラはヤナイハラではなかった。どうにかして私は、彼を私の創作の餌食にしたいと、あるいは、そんなふうに願っていたのかもしれない。……残酷な話かもしれないが、創作というのは、そういうものなんじゃないだろうか。こっちが向こうを食うか、向こうにこっちが食われるか。そういう、抜き差しならない関係性が、芸術家とモデルのあいだに生まれるのだと、私はヤナイハラのポートレートを創作しながら気づかされたんだ」

きわどい心情をジャコメッティは吐露した。しかし、その言葉にはたった一枚のドローイング、たった一体の彫刻を創り上げるのにも、命がけで向き合うアーティストの真実の心情が表れていた。抜き差しならない関係性の彼岸に、ジャコメッティは何もかもすべて削ぎ落とした人間の姿を、絵に、立体にあぶり出した。それがこの木立のような展示に結びついているのだ。

「それにしても、あなたは削ぎ落とせるだけ削ぎ落としてしまったのですね。何もなくなるほどに。けれど、何もなくなるどころか、逆にすべてがここにある」

わかったようなことを言いたくはなかったが、それでも私は正直に、感じたままに言ってみた。

「矢内原伊作はあなたのモデルを務めて、あなたに穴が空くほど見つめられた体験を、こんなふうに書き記しています。『それはじろじろ見られるというのとは全く違って、目で強く愛撫されるような感じだった』」

ジャコメッティは、ふっと微笑した。風が水面を撫でて通り過ぎていくような微笑だった。

ジャコメッティの彫刻の森にいて、ジャコメッティ本人と対話する夢のような時間を過ごして、うっかり手土産を渡すことを失念してしまっていた。私は小さな細長い包みを手渡し、

「これ、遅ればせながら、小さなお土産です。日本から持参しました。いま、ここ

で開けてみてください」

と促した。

好奇心でいっぱいのまなざしをジャコメッティは包みに注いだ。彫刻家の繊細な指が紙を解くと、中からひと組の柘植の箸が現れた。

「ふむ。これはなかなか、面白い」

ジャコメッティはつぶやいて、箸を手に取り、宙にかざしてみた。実存主義の彫刻たちに、それは絶妙に擬態するように見えた。

楽園

さんさんと降り注ぐ光が痛いほどだった。夏の南仏は、セザンヌに続いてこれが二度目である。

港町、ニースは、同じフランスでもパリとは違って、それはそれは開放的で明るい街である。パリだって開放的で明るい部分はそりゃあある。だが、ニースの場合は「それはそれは」と強調したくなるほどなのだ。

海岸通り、プロムナード・デ・ザングレから眺めるリグリア海は、目を開けていられないほどまぶしくきらめいている。ビーチでは白いパラソルが咲き乱れ、水着姿の子供たちが歓声を上げて走り回っているのが見える。まばゆい夏の風景に背を向けて、私はバスに乗り込んだ。

バスはゆるゆると丘陵を上がっていった。シミエという住宅街近くのバス停で降りると、私は「オテル・レジーナ」へと向かった。この高級アパルトマンは、アンリ・マティスの住居兼アトリエである。ガラス張りの入り口はサンルームのようになっていて、大きな鉢植えのマグノリアやイチジクがいまを盛りに艶やかな葉をいっぱいに広げている。

ふかふかの赤いじゅうたんが敷き詰められている螺旋階段を上っていき、突き当たりのドアの前に立つ。……うわ、結構緊張している、どうしよう。

このさい、正直に言おう。実は私はマティスが大大大好きなのである。いままでやたらピカソピカソとピカソがらみのピカソがかっこよく感じられるピカソ小説を多々書いてきたのだが、心の底では「マティスが好き！」とこっそり思い続けてきた。ほんとに好きな子には好きだと言えない、あの感じである。だから、いまから大大大大好きなマティスにまみえるということで、だいぶん緊張していたのだ。

スーハースーハー、深呼吸して、肩をぐりぐり、首をコキコキしてから、ノックした。と、「入りたまえ」とチェロのようによく響く声が中から聞こえてきた。ひゃあ、マティスの声だ！　と私は、震える手でゆっくりとドアノブを回し、押し開けた。

前室を抜けて奥へと入っていくと、はたしてそこがマティスのアトリエだった。私の視界に最初に飛び込んできたのは「色」だった。床いちめんに色とりどりの紙が広げられていたのだ。

部屋にはふたつの大きな白い窓があり、晴れ晴れと開け放たれている。バルコニーには白鳩が何羽か憩っていて、彼方に明るい海がきらめいて横たわっているのが眺められた。窓辺にも、テーブルの上にも、肘掛け椅子の脇にも、観葉植物が緑の茂みを作り、まるで小さな楽園そのもののような室内の風景である。そして、鮮やかな色を紙に塗って創った色紙の花畑の真ん中に、この楽園の王さま、車椅子に座ったアンリ・マティスがいた。

真っ白なひげと丸メガネ、手にはハサミを握っている。シャクシャク、心地よい音を響かせて、ハサミが色紙をさまざまなかたちに切り抜いていく。瞬く間に真っ赤なハートが、黒い人物像が、緑の木々が生まれる。「わああ！」と私は、あいさつをするのも忘れて、子供のように歓声を上げてしまった。

「すごい、すごい！　まるで色とかたちの魔法使いですね」

マティスは、さも面白そうに、ファッハ、と笑った。

「魔法使いとは言いすぎだろう。魔法使いのようなもの、くらいにしておいてくれないかね」

はいっ、と私は生真面目に返した。

「魔法使いの・ようなもの……いや、やっぱり、まるっきり魔法使いです」

シャクシャク、シャクシャク、リズミカルにハサミが動き、次々にかたちを創っていく。

「最近は、長時間カンヴァスに向き合うのがなかなか難しくてね。助手に色紙を創ってもらって、それをこうして切り抜いて……とまあ、これがなかなかどうして、面白いんだ」

楽しげに言う。やっぱり、チェロの響きのようである。私も、最初の緊張はどこへやら、

「ほんとうですね、ほんとうに面白い」とあいづちを打った。いやもう、面白いのを通り越して魔法がかっている、やっぱり。

フランスの最北部、ノール県はル・カトー・カンブレジの豊かな穀物商の家に生まれたマティスは、父の言いつけに従って堅い仕事（裁判所の管理者）の資格を得

るためパリに出た。しかし、ここで芸術の神様がいたずらをしたのだ。

マティスは盲腸にかかり、入院を余儀なくされる。しばし寝たきりの生活、二十歳の青年はヒマでヒマでしょうがない。このとき、息子の一日も早い回復を祈る母親が病室のマティスに贈ったのが、画材一式だった。

「別に私は絵心のある少年だったわけじゃないし、絵を描いたことなどそれまで一度もなかった。それなのに、なぜだか母は、絵の具と絵筆とパレットとスケッチブックを贈ってくれた。なんだこれは？　どうして母さんはこんなもの送ってきたんだ？　とおかしな気分だったよ。最初は手にも取らなかった。でも、そのうち、ヒマを持て余して、ちょっと何か描いてみるか、と遊び心で始めてみたんだ」

懐かしそうな声色で、「絵との出会い」をマティスが語ってくれた。それはとても不思議な瞬間だったという。たっぷりと絵の具を含んだ筆が紙の上を滑る、あの感覚。絵筆が指先となって、色が紡ぎ出される、あの心躍る瞬間。

「まるで、楽園のようなものに出会った気分だったよ」

絵を描く楽しさにすっかり魅了されたマティスは、画家になると決心して退院した。パリで美術学校に通うと息子が言い出して、カタブツの父親はどれほど驚いたたことだろう。母親だって、まさか見舞いの贈り物が息子の人生を――いや、それどころか二十世紀の美術史をガラリと変えてしまうことになるとは想像もしなかっただろう。それを思えば、マティスの母のギフトのセンスに、もっと言うとマティスの盲腸に、世界中のアートファンを代表して衷心より感謝申し上げたくなってしまう。

それ以降のマティスの活躍は誰もが知るところだ。モダンアートに色彩革命をもたらしたアンリ・マティスに憧れた芸術家は、世界じゅうに星の数ほどいる。猪熊弦一郎然り。あのピカソだって、実はこっそり憧れていたに違いない。

当初はパリを拠点に創作していたが、やがて南仏・ニースに移る。戦時中、この美しい避暑地が爆撃を受けたときも、マティスはシミエの丘を動かなかった。モダン・アートの画家というだけでナチスの軍靴に蹴散らされる危機に瀕していた、そんな危うい時期にも、明るい色に満ちた絵を描き続けた。

「あなたが人生を通して、絵を描き続けながら知ったのは、かたちを自在に創ることの面白さですか。それとも色合わせの妙、でしょうか」

ふうむ、とマティスは少々考え込むそぶりになり、

「もちろん色だ。……とこう、君は私に言わせたいんだろう?」

逆に訊いてきた。私は「はい、当然ながら」と正直に答えた。

「多くの人々があなたを称しています。『色彩の魔術師』だと。あなたのタブロー に溢れる色の輝きは、ほかのどんな画家にもない、唯一無二の、あなただけのものだと、私たちは誰もが皆、そう感じています。あなたが自由自在に色と遊び、夢中になっているのが、あなたの絵を通して伝わってくるのです」

どうも私は憧れの星に会うと、ついついすなおになりすぎてしまうようだ。しかしマティスは落ち着き払って答えた。

「しかしね。私は、実際、色ばかりじゃなくてかたちにも夢中になるときがあるんだ。たとえば、日本のお面《マスク》のシンプルなかたち。私は能面を持っているんだが、あのあっさりとした美しさに魅かれるよ。そういえば、日本の美術館で私の展覧会を開いてくれたとき、その図録の表紙は、能面からアイデアをもらったんだ。ほら、そこにある」

そう言って、マティスは、近くの卓上に積み上げられている本を指差した。私はそれを手に取って見た。

赤ひと色の中に黒い線でくっきりと浮かび上がる顔。とてもシンプルで強い表紙。一度見たら忘れられない。それで私は思い出した。手土産を渡さなければ。

「日本の古都、京都から持参しました」と、平たい箱を手渡した。

箱の中身は、和紙で創られたお多福のお面。「嵯峨面」と呼ばれる縁起物であった。

「おお、これこれ。これだよ。私の好きな日本の面」

うれしそうに言って、マティスはお面を自分の顔につけた。お多福のあごから白いひげがはみ出している。私は思わず声を上げて笑ってしまった。マティスも、フアッハ、と笑ってくれた。

遠くから潮風が窓辺に届いた。色紙の花園がそれにこたえて、かさこそとやわらかな音を立てた。

背中

　重厚な木戸が私の目の前でぴしゃりと閉ざされていた。

　いかにも文豪が住んでいそうな門構え。脇に掛けられている表札を見ずとも、ここがあの川端康成邸であることは自明である。木戸が閉まっているだけだが、そこはかとない文豪オーラが醸し出されている。

　私は胸に抱えている風呂敷の中で、手土産に持参した東京・水道橋はとんかつの名店「かつ吉」謹製・とんかつの折り詰めが次第に熱を失いつつあるのに苛立ちを隠せなかった。いかん、このままではいかん。川端先生に、何としても揚げたて熱々のとんかつを食べていただきたかったのに。いや、水道橋からここ鎌倉・長谷に至るあいだにすでに一時間半が経過してしまっているから、もはや全然揚げたて熱々なんかじゃないんだけど、せめて温もりが残っているうちにお届けしたい。なんとしても……。私は思い切って木戸に手をかけた。

と、拍子抜けするくらい軽やかに戸が横に滑って、私はあっさり川端邸の敷地内に足を踏み入れた。「ごめんください」と声をかけたが、邸の中は静まり返っており返事がない。

恐る恐る、裏手へ回り込んでみる。きれいに刈り込まれた植栽と芝生の庭に出た。ひだまりの縁側があって、障子がきちんと閉じられているのが見える。やはり、人の気配がない。どうしたんだろう、と急に心配になってきた。

もしかして、川端先生、お疲れが出たのではないか。だって、なんといっても、つい先日、ノーベル文学賞受賞の吉報が飛び込んできたばかりだから、もう上を下への大騒ぎだったに違いない。

そういえばこの庭、ノーベル文学賞受賞が決まった翌日にテレビの特別番組で、川端康成・伊藤整・三島由紀夫が鼎談していた場所じゃないだろうか。おわっ、すごい！　ここにあの三大文豪が集っていたなんて！　私はにわかに緊張を高めつつ、このチャンスにかすかに残っている三大文豪の気配を吸い込もうと、やおら深呼吸をした。私なんぞ物書きとはいえお三方の足下にも及ばない端くれ。が、ちょっとでもあやかれますように……。

それにしても、川端康成の活躍はちょっと常軌を逸しているほどである。執筆の忙しさもさることながら、日本ペンクラブ会長だとか国際ペンクラブ出席だとか東京都近代文学博物館委員長だとか文化勲章受賞だとか若い作家の後押しだとか今東光の選挙の応援演説だとか胆嚢炎やら肝臓炎やらで入院だとか、「川端康成は八人いる」というくらい、八面六臂の大活躍で、とても精力的に仕事をしてきた。さぞやお疲れが溜まっていることだろう。しかしそんな激務の中でも、私がもっとも愛するあの美しい物語たち――「美しさと哀しみと」や「古都」を書き上げたというのだから、もうなんて言うか、「奇跡」を人間のかたちにしたら「川端康成」になった、という感じである。そんな川端先生だって、もう限界まで疲れてしまったのかもしれない。ああどうしよう、そうこうしている間にせっかくの「かつ吉」がしなしなになってしまう……。

と、そのとき。障子がすらりと開いて、着物姿に黒足袋の川端先生が、ひょっこりと縁側に姿を現した。そしていきなり、私と目が合った。その瞬間、雷に打たれたかのように私の体は感電して、すっかり動けなくなってしまった。

広い額の上のフサフサと豊かな白髪、細面の真ん中で鋭く光る大きな目。その目がじっと、じいっと、じじじじいっとこちらを見つめている。おお、これが世に言う「川端にらみ」か。いや、別ににらんでいるわけじゃない。ただじっと見つめているのだ。川端先生は相手が誰であれ、容赦なくおのれのまなざしの餌食にするのだと、ものの本で読んだことがある。なんでも、新人の女性編集者が初めて川端先生を訪問したとき、無言で三十分ものあいだ、じいっと見つめられて、しまいにはとうとう泣き出してしまったという。あるいは、熱海滞在中の夜、泥棒が侵入して物色している最中に、布団の中からその様子をじいっと見ていた川端康成と目が合ってしまい、泥棒ドン引き、「あ、ダメですか?」と言って、そそくさと逃げていったとかいう、嘘のようなほんとの話も。

ど、どうしよう。このまま三十分とか一時間とか、見つめ合ったままで終わってしまうのだろうか。いや、それは困る。星々との接触は短くなければならないのだ、一時間はさすがに許されない。さもなければ巨星・川端康成が墜ちてしまう。それに「かつ吉」が冷めきってしまう……!

「……君は、座敷童子かね?」

思いがけず、口火を切ったのは川端先生のほうだった。

「いや。いやいやいや、違います違います」私は即座に否定した。「座敷童子などではありません」

「そうか。庭にいるものね」と先生、さらりと受けた。おお、秒速のグッド・リアクション。思わずグッ！　と親指を突き出しそうになったのをぐっとこらえて、

「このたびは、ノーベル文学賞受賞、まことにおめでとうございます。連日の取材や来客でさぞお疲れかと思いつつ、どうしてもお目にかかりたくて、やって来てしまいました。あの、よろしければこちら、召し上がってください」

とにかくまずはこれを渡さねば、と「かつ吉」の折り箱を差し出した。川端先生は黙って受け取ると、すぐにふたを開けて、目をぎょろりとさせた。

「『かつ吉』の……行きつけの店だ。知っていたのかね」

はい、と私はうなずいた。「三島由紀夫さんも、ご贔屓だとか……」

「なんで知っているんだ。やはり君、座敷童子だろう」

先生はニコリともせずに言った。どうやらそういうことにしておきたいようである。「はい、まあ、そんなところです」と、ここはもう押し返すまいと決めて、今

度は肯定した。

行きつけの店の一品を持参したのがよかったのか、はたまた座敷童子であると認めたからなのか、私は晴れて川端先生の書斎へ通された。

先生の座卓の上はきちんと片付けられていて、原稿用紙、文鎮、万年筆、大小の筆、インク壺、ハート型の顔をした小さな土偶、それにオーギュスト・ロダンの彫刻小品「女の手」などが、秩序正しく備えられていた。

その座卓はまさに川端康成の小宇宙そのものだった。無垢な原稿用紙は文豪の万年筆が滑り出すのを待ち受けてひっそりと静まり返っている。万年筆も筆も文鎮も使い込まれてしみじみとした味わいをたたえている。そして、ロダンの手とハート型の土偶は、毎日毎日眺められ愛でられているのだろう、川端先生の視線の軌跡が残されているように感じられるほど、ほのぼのと光をまとってそこにあった。

川端先生は座卓の前に正座すると、煙草に火をつけて、ゆっくりと煙を吐き出した。私はその背後に正座した。そして先生の和服の背中を凝視した。見つめた。眺め続けた。じっと、じいっと、いつまでも……あれ、じっといつまでも見つめられるのは、こっちのほうじゃなかったっけ？　いや、このまま黙って引き下がるわけにはいかないし、無為に時間を過ごすわけにもいかない。とにかく、コンタクトを開始しなければ。

「先生の小説はどこからきて、どこへ行ってしまうのでしょうか」

私は唐突に尋ねた。先生は、振り向きもせず、目の前にあるロダンの小品をじいっと見つめているようだ。私はしびれ始めた足をそっとさすりながら、生意気を百も承知で言葉を続けた。

「ええと、つまり……先生の小説は、突然始まって、突然終わる印象があります。話がどこからきたのか読者はわからず、最後にどこへ帰着するかも知らされない。そういう手法はこれまで欧米の小説の文法にはなかったのではないかと思います。おそらく、欧米人には極めて難解なはず。にもかかわらずノーベル文学賞を受賞したのは、先生の小説がとても『映像的』だからではないかと私には思われます」

まるで映画のカットインのような場面のつながり。状況説明が一切ない、だからこそ、まるで一幅の絵のようでもある。そう、川端作品の「美術的」な部分の秘密についてこそ、私は訊いてみたかった。

先生が振り向いて、ぎょろりとまなざしをこちらに向けた。私はすくみ上がった。

「君は、私の書いたものを読んで、幸福かね？」

今度は先生が唐突に尋ねた。私はキュッと縮めていた両肩をほうっと緩めて、

「もちろんです」と即座に答えた。

「それがたとえ悲しい結末であっても、川端作品の読書体験は、私をとても幸福な気分にしてくれます。それは、たとえば、すぐれた美術館で、すばらしい絵や彫刻や書画骨董を目にしたときの幸福感に、とても似ています」

鋭い眼光に、かすかにおだやかな色が浮かんだ。先生は、またロダンのほうを向いてしまった。そして背中でこうつぶやいた。

「一生の間にひとりの人間でも幸福にすることができれば、それが自分の幸福だ」

少しはにかみを含んだ声。私は、急に目がしらがじわっと熱くなるのを感じた。

川端先生。

私は間違いなく、先生に幸福にしていただいた人間のひとりです……と言いたかったが、言えなかった。涙声になってしまいそうで。

先生の後ろ姿はしんと静まり返って動かない。不動の星の静かな輝きが、端正な背中に漂っていた。

冥土の土産

私の右手にしっかりと握られているもの。それは、司馬江漢の「死亡通知書」であった。

いやあ、びっくりした。こんなにびっくりしたのは、何日かまえに、私から私宛ての「挑戦状」が届いたとき以来である。

私の事務所の郵便受けに届けられていたその通知書にはちゃんと82円切手が貼ってあって、港区の消印がうっすらと押してあった。何がびっくりしたって、なぜ司馬江漢が私の事務所の住所を知っているかだ――じゃなくて、私が近々司馬江漢を訪ねようと目論んでいるのをすでに何者かが把握して、「司馬江漢は死にました」と先んじて通知してきたことだ。

いやいやいやいや、ちょっと待て。それは困る。死んでもらっては困る。だって私はかくも限られた期間内に星々にコンタクトしなければならないのだから。リストに挙げられた二十人、ただひとりたりともコンタクトしそびれるわけにはいかない。

「死亡通知書」には、流麗な筆文字で、だいたいこんなことが書かれてあった。

『江漢先生は老衰されて、絵を描いてくださいと頼まれても応えられず、遊びにきてくださいと招かれても行けず、蘭学や天文や奇抜なることあれこれやってきたけどもうやる気も失せて、ただ老子荘子の思想に親しみ、去年は吉野に行って桜見物をし、京都に一年ほど滞在ののち、この春江戸に帰ってきたが、最近また関西方面へ行こうと旅立って、途中で立ち寄った鎌倉は円覚寺の誠拙禅師の弟子となって、とうとう大きな悟りを得たが、結局大病を患って、死んでしまいました。（中略）──人はちっぽけな存在で、宇宙は無限大だ。宇宙時間では人の一生なんてほんの一瞬である。だから死ぬことなんてたいしたことじゃないよ、ああ。　七十六歳翁司馬無言辞世の句』

一読して、私は、首をひねった。

──なんだかこれ、怪しいな。もしかして、司馬さん、「死んだふり」してない？

え、なんで？　なんで死んだふりする必要があるの？　そんなに私の訪問が迷惑なんだろうか？

だいたいこれ、誰が書いたんだろう。まさか、司馬さん本人じゃないだろうな。

とにかく、一刻も早くコンタクトしなければ。コンタクトするまえに消えてしまったら困るじゃないか。

私は、司馬江漢が長らく住んでいるという港区東新橋二丁目（江戸時代は芝新銭座と呼ばれた場所）へと急いだ。

ごちゃごちゃと大小のビルが建ち並び、ひっきりなしに車が行き交う新橋界隈。よくテレビのニュースでサラリーマンに街頭インタビューをしている、あのエリアである。銀行やハンバーガー店や居酒屋やコンビニの看板が分別なしに通りを埋め尽くす、そのはざまに、置き去りにされたかのようなみすぼらしい長屋がぽつねんと建っていた。いかにも肩身がせまそうなそのおんぼろ長屋こそ、司馬江漢の家に違いないと私は見定めた。

しかし、ボロい。へっくしょい、とくしゃみをしたら、どさーっと崩れ落ちてしまいそうだ。これは入っていくのにかなり勇気がいる。

と、ガタピシと戸がきしむ音がして、頭巾をかぶった黒い着物姿の初老の男性が長屋から出てきた。はたと私は立ちすくんだ。

――司馬江漢だ！　やっぱり生きてるじゃないか?!

「――司馬さん！」

大声で呼び止めた。頭巾の男性は、ひやっと五センチくらい跳び上がった。

「司馬江漢さんですよね?!」

と訊いてから、あっと気が付いた。

しまった。星々への質問はひとつ、ないしはふたつしか許されていないのだ。これまでの接触では慎重の上に慎重を重ねて質問を練りに練ってきたのに、あろうことか「司馬江漢さんですよね?!」って、どこからどう見ても司馬江漢に向かって当たり前すぎる質問じゃないか?!

ところが司馬さんは意外な行動に出た。こちらに背中を向けたまま、猛ダッシュで走り出したのだ。

「ちょっ……司馬さんっ！」

なんで逃げるの?!　と訊きかけてこらえた。切り札・二問目をそんな愚問で費やすわけにはいかない。私は猛然と司馬さんの後を追いかけた。「死亡通知書」をそのまま信じるとすれば、あちらは七十六歳。がしかし司馬さん、実は年齢詐称で九歳もサバ読んでいたと私は知っていた。しかも若くサバ読むんじゃなくて、その逆。実は六十七歳。にしても、結構足が速くて機敏だ。ほんとは五十五歳なんじゃないの?!　と訊きかけてやはりこらえた。

それにしても司馬江漢、やっぱりかなりの変人である。

延享四年（一七四七年）江戸の町家生まれ。子供の頃から自意識過剰というか、「何か面白いことをしでかしたい」と思い続けてきたらしい。それで絵描きを目指したんだそうだ。そう、江戸の世にあっては絵描き＝変人だった。まっとうに家業の商売を継ぐことは考えなかったようだ。最初は狩野派に、続いて当代人気浮世絵師・鈴木春信に弟子入りした。狩野派の優等生的な画風には馴染めなかったが、春信のスタイルはしっくりきた。どのくらいしっくりきたかといえば、師匠亡きあとも「鈴木春信」の贋作を作り続けたくらいだった。しっくりを通り越して、がっつりやっていたくらいだったわけだ。

その後、変人ぶりはさらに加速、あの平賀源内の紹介で西洋画法にも明るい宋紫石に入門し、南画を極め、西洋画にハマる。日本で西洋画法を習得していた画家はさほど多くなく、秋田蘭画の小田野直武が有名だが、司馬江漢の西洋画はかなり特殊な位置を占める。

西洋への憧れが増した司馬さんは、日本でもっとも西洋に近い場所・長崎へ旅し、オランダ人に接触、多くの西洋画を目にする。どうにか西洋画を我がものにできないかと奮闘したのも、司馬さんらしいところだ。

長崎で目にした数々の油彩画に近づくべく、彼は自らカンヴァスと絵の具の開発を試みた。木枠に絹を張り、日本画の顔料をえごま油で溶いて油絵の具を作ってみた。確かにまんま油絵の具。涙ぐましい努力である。

そうして描き上げた数々の西洋画には、どこかノスタルジックな空気感が漂う。ゴンドラが浮かぶ青緑色の海。ジャケット姿の男性にロングドレスの女性は月桂樹ならぬ松の根元で憩う。遠近法を駆使して描かれた富士山と駿河湾の絵は、銭湯のペンキ絵のようにシュールな風景画である。そしてどれもがアントワーヌ・ヴァトーの絵のようなロココの風調を含んでいる。つまり十八世紀のヨーロッパ美術のエッセンスをちゃんと嗅ぎ取って移植しているのだ。

かなり西洋かぶれなところもあったようだが、司馬さんは探究心のかたまりだった。絵画ばかりか、天文学、地学、西洋博物学、自然科学にも通じ、コペルニクスの地動説を紹介する書物を著したりもした。日本で初めて銅版画を創ったことでも知られている。とにかく、あれこれやってみたい。やるならある程度は極めたい。そういう性質だった。

しかし六十を数える頃に、何が彼をそうさせたのか、世間から身を隠して完全隠居を決め込んだ。そして、彼がとった奇妙な行動は……。

「あ、やっぱりそうだ！　自作の死亡通知書！」

私は走りながらスマートフォンで「司馬江漢」の略歴を調べてみた。と、やはり「誰とも会いたくない」という思いが極まって、とうとう自作の死亡通知書を知人に送りつけた――という事実を突き止めた。

なんでだ。なんでそこまでして完全に隠遁したかったんだろう？　究極の引きこもりじゃないか。いや違う、彼は孤高の存在となることを目指したかったのだ。絵を描き続けるということは、誰かに見てもらわなければならない。アートとは、創り手が創って、それを見る人が存在して、初めてアートになる。創り手が自分で創って自分しか見なかったら、それはアートではない。ただの自己満足だ。司馬さんは、それがいやで一切の創作から手を引いて、何もせず、ただ老子荘子の書に親しんで、完全な孤高の存在に自分を昇華したかったのではないか？

司馬さんを追いかける私の頭の中は疑問だらけになっていた。訊きたいことは山ほどある。が、質問はあとひとつだけだ。

もういくつの角を曲がっただろうか。司馬さんが突然足を止め、よろよろとビルの外壁にもたれかかった。私も全身で呼吸をしていた。はあはあ、ゼエゼエ、司馬さんも私も、ただただ息を上げていた。

訊かねば。いま、訊いておかねば。さもないと、また逃げられてしまう。消えない星が、流れてしまう。早く、し、質問を……。

「あの、し……司馬さん、あの、あ、あなたは……」

私は途切れ途切れに、やっとこさ、ふたつ目の質問を投げかけた。

「あなたは……生きていますよね？」

司馬さんが振り向いた。ぎょろっとした鋭い目をこちらに向けて、彼は言い放った。

「――死人に口なしだ！」

――え……ええ〜っ⁈

なんちゅう答えだ……。が、司馬さん的には自分は死んだことになっているわけだから、その答えはある意味正しかった。

うう、やられた……。

私は「完敗です」と潔く負けを認めた。清々しい敗北感だった。そして、遅ればせながら、手土産を差し出した。袱紗に包んだ小さくて硬いものを。

「これ、受け取ってください。冥土の土産に」

司馬さんは一瞬、胡乱な目つきになった。が、やはり好奇心が勝ったようだ、恐る恐る手を出して受け取ってくれた。そして、何も言わずにその場から立ち去った。

私はもう司馬江漢を追いかけなかった。袱紗を開いた司馬さんの目が輝くだろうとわかっていたから。

袱紗の中身は、油絵の具のチューブがひとつ。喜ぶだろうな、きっと。

パリ祭

七月十四日、パリの街は朝から華やいでいる。

この日は、フランスのナショナル・デー。つまりフランス共和国の成立記念日なのである。「革命記念日」とか「バスチーユ・デー」などと呼ばれているが、フランス人はもっと端的に「キャトゥーズ・ジュイエ（七月十四日）」と呼び習わしている。

一七八九年、王政に反発して一斉蜂起した民衆が、政治犯が収監されているバスチーユ牢獄を解放し、革命を起こした。民主主義の誕生の象徴とも目される歴史的な記念日である。

フランスに祝日多しといえど、この日ばかりは特別な日。パリでは国の式典が行われ、パレード、フランス空軍の飛行デモンストレーション、大小のパーティーがあちこちで開かれる。街なかではすれ違う誰もが笑顔で、子供たちははしゃぎ回っている。

そして、私にとっても特別な日。私の誕生日なのである。

さすがにこの歳になると「またひとつ歳とっちゃったな……」と憂鬱にもなろうかと思いきや、逆である。またひとつ歳を重ねられて、喜びでいっぱい。感謝、感謝なのである。半世紀以上も生きていると、生きていること自体が奇跡だと思えることがよくある。いま、命あるもののすべてには生存の意義があり、生きているからにはそれぞれの使命があるのではないか。私もまた、その天命を全うすべく、たくましくたおやかに生きていこうじゃないか……と、いちいち大げさであるが、とにかく、誕生日を元気に迎えられることは単純にうれしい。ましてや、この日をパリで迎えるのであればなおのこと。何しろ、全フランス国民が私のバースデーを祝ってくれるのだから。おやまあ、大統領までお出ましで祝辞をいただけるのですか？　ははは、いやそんな大げさな、私ごときのために……。

ま、調子に乗るのはこれくらいにして。私は、恥ずかしいほどわかりやすくこの日にふさわしい服装——青いシャツ、白のパンツ、赤いソックス、白いスニーカー、まんまフランス国旗《トリコロール》――で、パリは左岸のサン＝シュルピスにあるモダンなアパートのエレベーターに乗り込んだ。パリ中心部には十九世紀に建てられていまなお使われているアパルトマンが多いのだが、これは二十世紀の建物で、戦前か戦後かに建てられたのだろう。ここの最上階の住人、シャルロット・ペリアンにとてもふさわしい。

ドアを開けて現れたシャルロットは、入り口を全部塞いでしまうほどたっぷりとした恰幅のよさ。私をひと目見るなり、「あら、今日にぴったりの色合わせね」と笑みをこぼした。えへへ、と私は照れ笑い。

「私の小さな共和国へようこそ。まずはご案内しましょう」

シャルロットの住居は、そのままシャルロット・ペリアンの小宇宙だった。いくつもの小さな部屋が奥へ奥へとつながっている。ひとつひとつの部屋に足を踏み入れるたびに、私は、「わあ!」「きゃあ!」「ひゃあ!」と感嘆の声を上げ続けた。だって、すてきすぎるんだもの。あちこちに憩っている椅子たちは、黒レザーにクロムの丸い回転椅子、あの名作長椅子「シェーズ・ロング」、キューブ型で体をすっぽり包むひとり掛けソファ「グラン・コンフォール」、ころんとかわいいフォルムの木製スツール「ベルジェ」。椅子ばかりじゃない、壁に取り付けられた小さな黒板のような間接照明「CP1」、天板が伸び縮みする「伸縮自在テーブル」……あっちもペリアン、こっちもペリアン、ペリアンペリアン、ペリアン祭だ！　とほとんど踊り出しそうになってしまった。

ふと目を転じると、木製スツール「バタフライ」やスタックできるスツール「エレファント」もあるではないか。日本が世界に誇るインダストリアル・デザイナー、柳宗理デザインの名作である。さらによくよく部屋の中を見ると、そこここに、日本のデザインのエッセンスがちりばめられてある。窓には簾がかかり、チェストの上にはい草の花瓶敷きに小鹿田焼の壺、そこにホタルブクロの花一輪。沖縄のやちむん、山形のこけし、桜の樺の茶筒がバランスよく飾られて……。眺めるうちに、私は、今度はほとんど泣き出しそうになってしまった。

「あら、どうしたの？」とシャルロットに訊かれて、私は半べそをかきながら、

「いいえ、うれしくて……こんなふうに、あなたの作品と日本のものが、見事に調和しているのが、日本人として、ほんとうに泣けるほどうれしいのです」

と答えた。シャルロットは、にっこりと大きな笑顔になって、

「私もうれしいわ。私と日本が調和しているのだと、あなたに教えられて」と言った。あたたかな言葉に、私はいっそう泣きそうになってしまった。

シャルロット・ペリアンは、パリで紳士服の裁断の仕事をしていた父、縫い子の母のもとに生まれた。両親が服飾職人だったことは、のちに彼女の素材に対する感性の鋭さや職人に対するリスペクトを培う背景となった。

パリの装飾美術連合学校を卒業したシャルロットは、二十四歳にして自らのアトリエを設立。サロン・ドートンヌに「屋根裏のバー」を出展した。それを機にモダン建築の巨匠、ル・コルビュジエに見出され、彼のアトリエに合流する。そこで彼女を待ち受けていたのが、日本人建築家の卵たち――前川國男、そして坂倉準三との運命の出会いであった。

「私にとって、サカ（坂倉準三）との出会いはまさしく『日本』との出会いだったわ。サカはまっすぐにコルブ（ル・コルビュジエ）に憧れて、はるばる日本からパリへやって来たのよ。私たちは輝く未来に向かって一緒に歩き始めた。若かったから思い通りにならないこともいっぱいあったけど、明日にはどうにかなるだろう、明日が来るのが楽しみでならない、いつだってそう思って過ごしてきたのよ」

ル・コルビュジエのアトリエでは、彼と彼の従兄《いとこ》であるピエール・ジャンヌレとともに、二十世紀のデザイン史に残る名作家具の数々の開発にあたった。当時は女性のデザイナーはかなり稀有な存在。そんな中で、シャルロットは斬新なデザインを次々と手がけていった。

「デザインを続けていく過程で、あなたが女性だったことは逆風にさらされることになったのか、あるいは追い風となったのか。どちらでしょうか」

私の質問に、シャルロットは、しばし沈黙したが、またにこっと笑顔になって、

「そのときどきでどんな風が吹いたのかわからないけど、私にとってそれはいつもいい風だったわ」

と、答えた。

「コルブも、サカも、私が女性だからって特別扱いはしなかった。私はいつも新しい素材に興味があって、鉄やガラスやクロームを取り入れて、機能にこだわってデザインしていたから、そういうところは男も女もなく、時代が必要としていると彼らもわかっていたんだと思う。もう少しまえの時代だったら、女性らしいデザインを求められたかもしれないし、そもそも女がデザインなんて生意気な、と相手にさ

れなかったかもしれないわね。だから、私が働くところには、いつもいい風が吹いていたのよ」

ル・コルビュジエのもとで十年間働いたのち、シャルロットは独立を果たす。そして、彼女を日本へと誘ったのは坂倉準三だった。日本の商工省が輸出拡大を図る計画の一環として、外国人デザイナーを招聘し、日本の伝統工芸職人との協働にあたってもらおうとのアイデアが持ち上がり、坂倉が仲立ちしてシャルロットを招くことになったのだ。

一九四〇年、まさにパリがナチス・ドイツによって占領されたその翌日、シャルロットは日本へと旅立つ。祖国が危機に瀕し、ドイツに与していた日本にとってフランスは敵国となっていた。そんな中、シャルロットは日本へ向かったのだ。さぞや不安だったに違いない。

「不安がまったくなかったといえば嘘になる。だけど、私を迎えてくれた人々は、ただただあたたかかったし、誰もがいいものを創りたいと必死になっていたの。サカも、彼が紹介してくれた人々――柳宗悦、彼の息子の柳宗理、日本各地の職人たちも、誰もがみんなすばらしかった。敵、味方、そんなことは関係ない。私たちはひとつの完全な調和を求めて、一緒に働いた。すばらしい経験だったわ」

日本にいた七ヶ月間は、その後のシャルロットの人生を決定づける体験となった。戦後、シャルロットはエールフランス日本支社長となった夫とともに日本に舞い戻り、数々のデザインを手がけていく。パリに帰ってきてからも、日本の職人たちとともに創り上げたデザインは、常に彼女のものづくりの根底に息づいていた。彼女の中で、日本とのコラボレーションは、途切れることなく続いているのだ。

「あら、ごめんなさい。お茶も出さずに、つい話しすぎちゃったわね。ああでも、せっかくの日だから、シャンパンでもいかが?」

そう言って、シャルロットはキッチンへ行こうとした。私は、「こちらこそ、お土産をお持ちしたのに、最初に渡しそびれてしまって……」と、紙袋を差し出した。

シャルロットへの手土産は、竹かごに入った京都・和久傳のれんこん菓子「西湖」。青い笹の葉に包まれた、つるんとしてさわやかな和菓子である。京都では七月十四日は祇園祭の頃で、この菓子は祇園祭の風物詩のような存在だ。シャルロットは、笹の葉に包まれた「西湖」をひとつ、手のひらに載せて、「まあ、きれい」と顔を輝かせた。

そういえば、フランスの革命記念日は、日本では「パリ祭」と呼ばれている。ルネ・クレール監督のフランス映画「七月十四日《キャトウーズ・ジュイエ》」が日本で封切られたとき、「巴里祭」という邦題がつけられたのが所以だ。ペリアン邸を辞すときに、私はその話をした。そして、言うべきかどうか迷った挙句、実は今日は私の誕生日なんです、と、最後の最後に遠慮がちに付け加えた。

玄関まで見送ってくれたシャルロットは、私をじっと見つめて、それから、大きな胸にしっかりと私を抱きしめてくれた。星の輝きに包まれて、シャルロットのあたたかな囁きが、私の耳もとで響いていた。

パリ祭おめでとう。お誕生日おめでとう。

大きな手

私は、崖っぷちに立っていた。

いや、別に人生の崖っぷちではない。リアルに崖の上だ。崖上に立つなんて、そうそうないことだから、こういうのも物書きにとってはいい体験だろうけど、さすがにちょっとすくんでしまう。

目の前には大海原が広がっている。大西洋である。この海のはるか彼方には、アメリカ大陸がある。——つまり、私が佇んでいるその場所は、イギリスの最西南端、ランズ・エンドと呼ばれる場所なのである。

私の目的地はセント・アイヴスという港町で、そこに陶芸工房を開いているバーナード・リーチを訪ねる予定だった。それなのに、セント・アイヴスを通り越して、文字通りの地の涯て（ランズ・エンド）までやって来てしまった。なぜかといえば、リーチがセント・アイヴスで窯を開くとき、このあたりで陶芸のための土を探してさまよった――という風の便りを耳にしたからである。

風が耳元でバタバタと鳴っていた。太陽が水平線との距離を少しずつ縮めていく。空も海もやがてすべてがばら色の中に溶けて、夕暮れの中でひとつになっていくのだろう。

崖っぷちに立つのもなかなかいいものだと、次第に慣れてきて、おおらかに、清々しい気分になってきた。そう、人間とはいかなる環境にあっても順応できる生きものなのだ。人生も然り。崖っぷちに追いやられたら心静かに眼前を見据えるべし、すなわち見えてくるものあり――と、いきおい悟りをひらきかけてしまった。

そろそろ行かなければ。振り向くと、東の空に満月の白い影がぽっかりと浮かんでいるのが見えた。

ランズ・エンドからセント・アイヴスまでは車で三十分ほどだったが、すでに工房が閉まる時間を過ぎてしまった。ひょっとすると、リーチはもう帰ってしまったかもしれない。が、せっかくここまで来ておきながら、会わずに帰るわけにはいかない。私は長い坂の途中にあるリーチ・ポタリーへと急いだ。

空色のドアを何度かノックしたが、誰も出てくる気配がない。ドアの取っ手を押してみると、すっと開いた。一瞬、迷ったが、そうっと中へ入ってみた。

ごうん、ごうんと低くかすかな回転音がどこかから響いてくる。ろくろを回す音のようだ。私はその音に導かれるようにして奥へと進んでいき、暖炉のある広間へとたどり着いた。

壁いちめんに棚が据え付けてあり、窯入れまえの陶器がずらりと並べてある。窓辺には、矩尺や木づち、手入れの行き届いた道具がオブジェのように置かれてあって、夕日を浴びてきらめいている。

ああ、ここは……「いい仕事」の場所だ。

職人たちが集い、日々、それぞれの仕事に向き合う、とても気持ちのいい、クリエイティブな空気に満ちている。星々の場所を訪れつつ、ずっと感じてきたことなのだが、いい仕事をしている人が働く場所は、隅々まで「仕事」の気がみなぎっている。たとえ一見散らかっているように見えても、そこには不思議な秩序があるのだ。

さらに奥の方から聞こえていた回転音が、ふいに止んだ。ややあって、奥へと続くドアが開き、びっくりするほど背の高い白髪の紳士が現れた。白いシャツに赤いネクタイを結び、白い土がこびりついたエプロンをつけている。

「リーチ先生！」

と私は、思わず「先生」をつけて呼びかけてしまった。自作『リーチ先生』にちなんでのことである。したがって、これ以降、リーチ先生と呼ばせていただくことにする。

「おお、いつの間に来ていたんだい？　気がつかなかったよ。ようこそ、私のポタリーへ」

リーチ先生は、ごく自然に私を受け入れてくれた。そして、

「少し冷えてきたから、暖炉に火を入れようと思ったところだ。よかったら、そこへ座って、くつろいでいきたまえ」

暖炉の前にあるロッキングチェアを指差した。リーチ先生が自分でデザインした、オークで創られたチェアである。私はうれしくなって、「はい。ぜひ」と早速腰掛けた。

暖炉のすぐ近くに屋根裏部屋に続くハシゴのような階段があった。天窓から差し

込む西日がちょうど階段の真下の床にこぼれて小さなひだまりを作っている。ひょっとして、この階段の上の部屋が、このポタリーを開設するために日本からやって来た濱田庄司が滞在していたという、屋根裏部屋なのだろうか。

リーチ先生は大きな体を押し曲げるようにして屈み、暖炉に小枝をくべ、紙を燃やして火をつけた。パチパチと小枝が燃え上がる心地よい音がして、煤の匂いが漂い始めた。

リーチ・ポタリーでは、毎朝、この暖炉の前でミーティングが行われるのだそうだ。その日の仕事の確認、新しい陶器のアイデア、職人たちが日々感じたこと。何しろ、もともとセント・アイヴスには陶芸が行われていた伝統はなく、窯元が開設されたこともなかったのだ。いまではベテランとなった陶工たちも、最初はみんな素人で、土を触るのも初めての人ばかりだった。それでも、この地に陶芸を根付かせようというリーチ先生の野望に、面白そうだ、やってみようと集まってきたのだ。

「手先が器用なわけでもなく、陶芸に興味があったわけでもない。みんな、何か仕事をしたい、手に職をつけたいと、現実的な希望を持った人ばかりでね。それでも、だからこそいいと私は思ったんだ。自分たちが創ったものが売れて、それで生活ができる。自分たちが創ったものが、それを買った人の生活の中でその人の役に立つ。大げさなことじゃない。現実的で、実質的なものづくり。それこそが、『用の美』。私たちの目指していたことだから」

リーチ先生はゆったりとした口調でそう話し、目尻に深いしわを寄せて微笑んだ。

「用の美」。リーチ先生の朋友、哲学者・柳宗悦が提唱した「民藝」が根ざす美学である。リーチ先生は、柳宗悦や白樺派の芸術家たち、そして富本憲吉、濱田庄司、河井寛次郎ら陶芸家とともに、「用の美」を創造すべく、陶芸家としての人生を歩んできたのだ。

イギリス人陶芸家バーナード・リーチと日本のえにしは、とても深く、強く、美しい。まるで彼が創る陶芸そのものだ。

バーナード・リーチは銀行家だった父の赴任先の香港で生を享けた。が、出産と同時に母が絶命してしまう。リーチ先生は日本で英語教師をしていた祖父母のもとに送られ、三歳まで日本で過ごす。幼い頃の体験が、その後、リーチ先生の中に日本へのノスタルジックな憧れを植えつけることになった。

ロンドンの美術学校で、リーチ先生は彫刻家で詩人の高村光太郎と運命的に出会う。光太郎の勧めで彼の父、彫刻家・高村光雲を訪ねて単身日本へ渡ることになるのだ。日本には合計十年あまり滞在して、柳宗悦ら白樺派の仲間たちとともに民藝運動に携わり、「日英の架け橋」となって活躍する。

彼は日本で実にさまざまな体験をし、多くの友を得た。そして一生をかけてたゆまずに進むべき道を見出した。それが陶芸である。

「日本にやって来た当初、あなたは、自分が何をするために来日したのかはっきりとした目的を持っていなかったのですよね。とにかくまずは日本へ行こうと。そして、結果的に陶芸を発見した。絵画や版画ではなく、陶芸だった。何がいちばんのとっかかりになったのでしょうか。いったい、陶芸の何があなたの人生を変えるほどの力を持っていたのでしょう?」

私の質問に、リーチ先生は少し考えるそぶりで白い口ひげを指先で撫で、

「陶器の、そこにある力。存在する力だ」

と、静かな声で言った。

「初めて自分の手で陶器を創ったとき、私はその芸術的美しさよりも、それが持つ強さに惹かれたんだ。陶器は飾るよりも、使われることで存在感を増していき、よ

り美しさを増す。それは純然たるアート――絵画や彫刻とはまったく違う美だと思う。水差しでも、器でも、ティーカップでも……そこにある、存在している、その力と美に、私は一生をかけて関わっていきたいと思ったんだよ」

　そして「何より、陶芸には日本のいいところが詰まっているしね」と付け加えた。

「もしも私ひとりで芸術の道を切り開こうとしていたら、こんなふうにはならなかったかもしれない。陶芸を発見したとき、私はトミ（富本憲吉）とともにいた。陶芸を発展させる過程には、ヤナギや白樺の仲間たちが常にいた。陶芸を完成させ、このセント・アイヴスに根付かせるために、ハマダの協力が欠かせなかった。もうなかなか会うことができなくなったけれど、私の半身は今なお日本にある。心はいつも日本に飛ばしているんだよ」

　不幸な戦争が、いっとき日本とイギリスを敵対させてしまった。それでも、リーチ先生の心は日本から決して離れることはなかった。戦後、柳たちの招きで、先生は何度か日本を訪れ、各地の窯元を巡って、職人たちを指導した。

　私もまた日本各地を旅したとき、かつてバーナード・リーチが指導をしたというくつかの窯元に行き合った。窯元の主たちは、自分の父や祖父がバーナード・リーチに指導を受けたことを誇りに思い、会ったこともないイギリス人陶芸家を、敬意を込めて「リーチ先生」と呼んでいた。私は、そのことを小説に書こうと決めた。タイトルは「リーチ先生」。これしかない、と思ったのだった。

パチパチと暖炉があたたかな炎を揺らめかしている。私は、ポケットの中であたためてきた小さなものを取り出し、握りこぶしをリーチ先生に向かって差し出した。

「あの、これ。日本から持ってきました。お土産です。リーチ先生に、敬意を込めて」

先生の手のひらの上にちょこんと載せたのは、ソラマメの形をした翡翠色のひとつぶ――小鹿田《おんた》焼の箸置きだった。

とっておきの宝物を見つけた少年のように、やわらかな微笑がリーチ先生の顔に広がった。

大きな手が箸置きをきゅっと握った。いちばん小さな星を包み込むように。

育ち盛り

　萌えいでた森の若葉が目にまぶしい。

　陶芸の里、栃木県は益子に来ている。道ゆく車も人もさほどなく、静かなものである。通りには小さな陶芸店や雑貨店がぽつぽつと軒を連ねて、大きな看板が出ているわけでもなく、都会にありがちな「稼がんかな」の雰囲気はまるでない。実にのどかな場所だ。自然がたっぷりあって、人の暮らしがあって、ものづくりのスピリットがそこはかとなく漂っていて……いいところだなあ、となんだか気持ちがおおらかになってくる。あくせく生きなくたっていいじゃないかと。

　そんな奥ゆかしい町の中ほどに、濱田庄司の自邸があった。広々とした敷地には邸宅と仕事場、蔵が点在している。背後から濱田邸を包み込んでいる豊かな緑は、古墳の森だという。

ほんのり薄紅に染まった馬酔木の花がこぼれ咲く間を進んで行くと、庭先に出た。茅葺の日本家屋、大きく障子が開け放たれた縁側が見える。そこに座椅子を置いて、のんびりとタバコをふかしている男性がいた。黒縁の丸メガネ、分厚い唇、たっぷりとした体つきの作務衣姿。濱田庄司だ。

正面玄関から入っていかず、庭先で星と遭遇したのは、川端康成に次いでこれが二度目である。が、川端先生のときと同様、濱田さんはちっとも驚かずに、

「や、よく来たね。そんなとこに立ってないで、こっちへおいでなさい」

おおらかに迎えてくれた。

私は、恐縮です、と頭を下げて、縁側へと近寄っていった。濱田さんは立ち上がって、「これ、敷きなさい」と、縁側の隅に重ねてあった座布団をひとつ、取り上げて、勧めてくれた。藍染の木綿の座布団、真ん中に「風」の一文字。あ、これ芹沢銈介⁈　と気がついて、ごく端っこにちょこんと座った。

「どうしたんだい？」と訊かれて、

「いやあの、芹沢さんの上に座るのは、なんだかもったいなくて……」

正直に答えると、ははは、と気持ちよく笑い声を上げられた。

「座れない座布団は、座布団じゃなくてただの布団だ。座ってやらなきゃ、芹沢が気を悪くするよ」

私はまた、恐縮です、と消え入るような声で返して、「風」の真上に座らせていただいた。濱田さんは、それでよし、というようにうなずいて、

「うちは、客人にも勝手にやってもらってるんだ。お茶なんかは、そこにあるから、好きに飲んでいい」

やはり縁側に出されている丸盆を指差した。大ぶりの急須、ぽってりとした質感の湯のみ。生成りの地に焦げ茶色の線がすっと潔く走る。ああ、これこそは濱田庄司の急須、濱田庄司の湯のみ。濱田庄司に勧められて、それでお茶を飲むなんて……ゆ、夢だ。きっと夢だこれは、夢なら覚めないで……。

「どうしたんだい？　なんだか目を白黒させているようだが……」

また尋ねられて、私は、本格的に目を白黒させながら、

「い、いや、あの、あああの、濱田庄司の目の前で、濱田庄司に勧められて、濱田庄司作の湯のみでお茶を飲むなんて、そんな大それた、夢のようなことは、とてもとても……」

またもや正直に答えると、濱田さんは神妙な顔つきになって、

「そりゃ、ダメだ。お茶の一杯も飲んでもらえないような湯のみを創ってるようじゃ、私もまだまだだな」

などと言う。私は大いにあわてて、

「いや、いやいやいやいや、そんな！　そんなことはありません！　いただきます！」

と、湯のみを手に取り、勢いよく飲み干した――といきたいところだったが、お茶が入っていなかった。はははは、と濱田さんが笑った。私は頭を掻いて赤くなった。

「そういえば、先にお土産のお茶菓子を差し上げるべきでした。これを」

風呂敷（実はとっておきの芹沢銈介デザイン）を開いて、菓子折りを取り出した。沖縄の銘菓「ちんすこう」である。

「やあ、なつかしいな。那覇の壺屋で陶芸をやっていたとき、よく食べたっけ。これと、さんぴん茶。沖縄のやちむん（焼き物）の風情によく合うんだ」

濱田さんは、さっそくひとつ口に入れた。いわば沖縄のクッキーともいえるこのお菓子は、かじるとほろほろこぼれるのが特徴である。「うん、これこれ。この

味」と、濃紺の作務衣にほろほろ粉をこぼしながら、「ほら。お茶、飲みなさい」と、急須から湯のみにたっぷりお茶を注いで、私に勧めてくれた。いただきます、と今度こそ、私はお茶をいただいた。両手のひらにしっくりと収まるすなおなかたち。濱田庄司の湯のみで飲むお茶は、格別に味わい深かった。

濱田庄司の実家は、神奈川県・溝口で和菓子店を経営していた。彼の陶器に対する感性は、あるいは幼少期から和菓子とともに育ったことに関係していたのかもしれない。十代の頃には美術に深い興味を持ち、画家になろうかとの思いが彼の胸に湧き上がった時期もあった。そんな彼が十五歳のとき、ある本の中に見つけた印象派の画家、オーギュスト・ルノワールの言葉。「美術を志す者が少しでも工芸の道に進めば、工芸の質は向上する」。この一行に目を開かれて、工芸に興味を持つようになった。

東京高等工業学校で窯業の基礎科学面を学び、京都市立陶磁器試験所で釉の研究をする。陶芸のデザイン以前に、「陶器とはいったい何がどうなって陶器になっているのか」という実質的な成り立ちと科学的観点からの考察、技術を徹底的に突き詰めた。濱田庄司のあくなき探求心は、次々に彼を同志たちへと結びつけていった。

工業学校では河井寛次郎と出会い、生涯のよき仲間として活動をともにした。日本で陶芸家として名を成しつつあったバーナード・リーチを訪ね、意気投合。科学面から彼の仕事を支えつつ、自分も陶芸家としての道を歩み始めた。リーチのよき仲間である富本憲吉、そして柳宗悦とも、陶芸、民藝を通して友情で固く結ばれた。

バーナード・リーチが十年あまりの日本での生活を終え、母国イギリスへ帰ることになったとき、濱田は彼に誘われた。自分と一緒にセント・アイヴスへ行き、新しく窯を開くのを手伝ってくれないか？　と。濱田はすぐに返事をした。もちろん行くとも！

「私は留学をしたこともなかったし、英語も柳なんかにくらべれば全然ダメ。金もない。それでもなんでも、行くと決めたんだ。だって、こんなビッグ・チャンスを逃したら、もう絶対にこの先一生、海外に行くことなんかないだろう。いましかないと飛びついたよ」

イギリスへ渡った濱田は、セント・アイヴスの丘の斜面に登り窯を造る設計をし、リーチとともに陶土を探してさまよった。そして、セント・アイブス初の窯元「リーチ・ポタリー」を開くことに貢献した。

自らの仕事も認められ、ロンドンで個展を開き、大英博物館に作品を買い上げてもらいもした。濱田庄司の陶芸はイギリスに根付き、その後もイギリス人陶芸家たちに多大な影響を与えることになった。

結局、三年半あまりイギリスに滞在し、帰国後、沖縄の壺屋で「やちむん」の研究に勤しむ。そして、最終的に益子へやってくる。適度に町なかであり適度に田舎でもあるセント・アイブスで陶芸に向き合う喜びを覚えた濱田さんは、ここぞが自分自身の陶芸にふさわしい場所だと悟って、「濱田窯」を開くのだ。

「『私の陶器は京都で見つけ、英国で始まり、沖縄で学び、益子で育った』とあなたは語っていらっしゃいます。益子に陶芸を根付かせて、人間国宝にもなられました。『益子で大成した』とおっしゃらないのは、なぜですか」

彼の陶芸家としての奥ゆかしさを知りつつ、あえて訊いてみた。濱田さんは、分厚い唇を少し困ったように動かして、微笑んだ。

「私はいまもなおここで育てられている。まだまだ成長している途中だと、自分では思っているよ。大成とは、成長をやめることだろう？　だったら、まだまだ、大成は遠い。遠くにあってほしい。なぜなら、私は、日々学び、成長するのをやめたくはないんだ」

土に聞き、釉に聞き、火に聞く。そうしながら、ひとつ、またひとつ、新しい陶器を見つけていく。

「きのう仕上がった陶器と、今日できた陶器は、違うんだ。ひとつとして同じものは存在しない。明日はどんなものができるのか、それを見たくて、私はまた創る。そうして育っていく。いまが育ち盛りなんだと自分では思っているよ」

そう言ってから、「しかも、わんぱく坊主なんだ」と、付け加えて笑った。

裏の森でウグイスがさえずりを響かせている。わんぱく坊主の笑い声に呼応するように、冴え渡った鳴き声がこだましている。

柿の花

清水寺の参道、茶わん坂をたどって、私は東山五条に向かっていた。

清水寺の門前通りといえば、土産物店や飲食店がずらりと軒を並べ、観光客がひっきりなしに行き交う清水坂が有名だ。清水寺に参拝しにいくとき、店先を冷やかしながらあの長い坂をそぞろ歩くのも楽しいものだが、茶わん坂もいい。ここは清水焼の発祥の地で、八世紀に僧の行基が焼き物を始め、その後、十六、十七世紀頃、茶碗屋久兵衛が彩色をした美しい磁器を創って「清水焼」の名をつけたのだそうだ。確かに、清水焼はいかにも京都らしく雅な色彩が目にも鮮やかな磁器である。

いやしかし、私がいまから会いにいこうとしているのは、磁器ではなく、陶器創りの名人だ。ほんとうは、いつものように「星」とか「巨匠」とか「芸術家」とお呼びしたいところなのだが、ご本人が「一陶工」と自称し続けているので、ここはせめて「名人」と呼ばせていただくことにする。

東山五条の交差点を渡り、いかにも京都らしい路地へと進んでいく。町家の庇が連なる中の一軒が、河井寛次郎の自宅兼仕事場である。

からからと格子戸を開けて、「こんにちはぁ」と声をかけた。中に入るとすぐ三和土である。上がり框は飴色の鈍い光沢を放っている。隅々まで掃除が行き届いた清々しい玄関。一歩入っただけなのに、河井さんの高潔な人柄がうかがい知れる。

「どうぞ、お入りなさい。こっちへいらっしゃい」

柔らかな抑揚の声が、奥の方から聞こえてきた。上がり框にはスリッパがきちんとこちら向きに揃えてある。私は靴を脱ぎ、スリッパを履いて、失礼します、と奥の間へと進んでいった。

ずっしりと梁がわたった天井、その下に囲炉裏があり、鉄瓶がしゅんしゅんと湯気を立てている。その周りに太い幹をくり抜いて創られた木製の椅子が三脚、ぽってりと置かれている。その真ん中に静かに座っている着物姿のほっそりした背中。ああこの人こそ河井寛次郎なのだ――とわかっていても、私はもじもじして、言葉をかけられずにいた。だってとても清々しい、ここのうちの玄関のような背中なんだもの……ヘンなたとえだが。

「お寒かったでしょう。遠慮せずに、火のそばにお座りなさい」

河井さんは私のもじもじを察してか、囲炉裏のほうを向いたままでそう言った。

私は、「はい、ありがとうございます」と答えた。

私は河井さんの横にちんまりと遠慮がちに座った。河井さんは、銀縁の丸メガネの細面、白髪はきっちりと撫で付けて、やはりそこはかとなく高潔な、ここのうちの玄関みたいな顔……などとゆうたらあきまへん。とにかく陶芸家というよりも大学教授といった風情である。

河井寛次郎は、初期の頃の繊細で優美な作品、そして最近のおおらかで悠々とした作品もすばらしいのだが、私が陶芸と同じくらい胸を射抜かれてしまったのは、詩なのである。

河井さんは、いつ頃からなのだろうか、詩や散文をよく書き、本も出している。河井さんが書いた文章に、こんなのがある。


柿は驚くべき誠実な彫刻家だ。自分を挙げて丹念に刻つた同じ花を惜しげもなく地べたへ一面にばらまいてしまふ。こんな仇花にさへ一様に精魂を尽してゐる柿。

「……という一文が、私、だいっすきなんです!」

私は、河井さんの著書『六十年前の今』(しかも表紙も挿絵も棟方志功!)の一節を諳んじて、さっきまでのもじもじはどこへやら、河井さんの器と同じくらい河井さんの文章が好きな気持ちを思いっきり表現してしまった。

この一文のすばらしいのは、柿に人格があって、それがまた高潔な芸術家を写したようなキャラクターになっているところなのだ。「自分を挙げて丹念に刻った同じ花」って、泣けるほど深い表現。私には絶対に書けない……。はあぁ、すばらしすぎる。

「ほお、それはまた、うれしいことですね。ありがとう」

藪から棒な私の態度にちっとも動じず、河井さんはゆったりと微笑んだ。私は、かあっと顔が上気するのを感じつつ、それをごまかそうとして、ごそごそ、鞄を探り、

「えー、そんなわけで、お土産をお持ちいたしました。こちらを……」

小さな平べったい包みを取り出して、差し出した。

「おや、なんだろう。開けてもよろしいんかな？」と河井さん。

「はい、どうぞ」と私。

包みの中身は、津軽こぎん刺しのふきんであった。藍染の木綿に白糸の刺し子。

おお、と河井さんはそれを目の前に広げて、

「柿の花模様だね。これは、きれいだ。これは、うれしい、うれしいね」

「うれしい」と二回、言ってくれた。私のほうがうれしくなった。柿は実のほうばっかりが有名だが、そのヘタのかたちそのままの花をつけ、ぱらぱらと地に落ちる。私は見たことはないのだが、その落花の様子を「精魂を尽してゐる」と表現した河井さんに敬意を表して、刺し子模様の定番「柿の花」のふきんを手土産に選んだのである。

河井寛次郎は、いまではすっかり京の暮らしに馴染んでいるが、出身は島根県の安来で、縁あって京都で仕事を続けている。実家は大工を家業にしていた。幼い頃からものづくりの現場で育った河井さんは、職人を尊敬する心をごく自然に養った

わけだ。

東京高等工業学校で窯業について学び、その後、京都市立陶磁器試験所で一万種以上もの釉薬の研究に勤しむ。同時に、過去のすぐれた陶磁器の分析と模倣も行った。この時期、河井さんにとって陶芸との出会い以上に大きかったのは、後輩の濱田庄司との出会いだった。研究熱心でまっすぐに陶芸の道を探求する濱田を介して、その後、河井さんはバーナード・リーチや柳宗悦と知り合う。そしてこのすばらしい仲間たちとの交流が、河井さんを「民藝」へと向かわせることになるのだ。

「最初は、私ね、ひどく頭でっかちだったんですよ。学校と試験所で、明けても暮れても研究研究だったからね。この釉薬をかけたら温度は何度くらいでこんな文様ができる、この土やったらこんな色に仕上がる、ってね。それから、昔のものをどんどん写す。中国の陶磁器とか、朝鮮の古いもんにも、まあいいもんがあるわけ。これをそっくりに真似て創ってみて、ああこんなふうになっとったんだなと。新作を創るのに、そういう自分の研究を応用するわけです。そしたらね、当然、思った通りにいいもんができるの。最初は満足だったよ、思ったようにできるんだからね。でもそのうちに、なんだかこれ、違うなと。これ、ほんとは、自分のもんとは違うぞと」

五代清水六兵衛の釉薬顧問を務め、五条坂にあった彼の窯を譲り受ける。高島屋での展覧会で作品を次々に発表、華やかで技巧的な作風が話題となり、新人陶芸家としては考えられないほどの成功を収めた。それでも、河井さんの心にはすきま風が吹いていているようだった。はたしてこれでいいのだろうか、これが自分の求めていた「焼き物創り」なんだろうかと。

ちょうどその頃、柳宗悦が集めた朝鮮の陶器の展覧会を見た。名もない陶工たちが創る陶器のすなおな美しさに胸を打たれた河井さんは、そのときの衝撃を書き著している。——自分の作品は衣装であり化粧であり、中身の体はどうしたのか、心がけはどうしたのか。

「その朝鮮の陶器に突き動かされて新たに創り始めるのではなく、逆に創ることをやめてしまったのはなぜですか」

私の質問に、河井さんは、「いや、それは違うね」と着物の袖を合わせて腕を組み、

「作風転換のために模索をし、新たな挑戦に燃えていたんだな」

と、少し照れくさそうに笑った。

「まあ、柳にちょっとつつかれたような感じもあったかな。お前は創ったもんがよく売れていい気になっとるようだけど、勘違いしてるんじゃないか、とね。ちょうど濱田もイギリスから帰ってきて、あっちのスリップウェアを持ってきてくれた。朝鮮の焼き物も、イギリスのも、名を上げ功を成すために創られたもんじゃない。それなのにこれがもう、ただただ、いいんだな。僕は、こういうもんを創りたい。有名になる必要なんてない。一生涯、一陶工でいいじゃないかと、少し時間がかかったけど、結局そう思い切って、もう一回、自分がほんとに創りたい焼き物を創ってみようと、奮起することができたんです」

かくして河井寬次郎は目覚めた。日本民藝運動に与して、その理想に近づこうと努力を重ね、自由闊達な作風に大転換した。そうなってむしろ彼の作品は広く認められ、万人に愛されるようになった。が、先生と呼ばれることを嫌い、自分の創ったものに決して銘を入れなかった。文化勲章も人間国宝も辞退して、「一陶工」を貫いた。そうすることによって、彼は心から陶芸を楽しむ境地に至った。

河井さんの創るものにあふれる喜び。それを河井さんは「仕事のうた」でこんなふうに表している。

仕事が仕事をしてゐます／仕事は毎日元気です／出来ない事のない仕事／どんな事でも仕事はします／いやな事でも進んでします／進む事しか知らない仕事／……／仕事の一番すきなのは／くるしむ事がすきなのだ／苦しい事は仕事にまかせ／さあさ吾等はたのしみましょう

すごい。仕事にも人格が。しかもやっぱり高潔で、まっすぐ。河井寛次郎そのもの。

そうだ。これからは、こんなふうに仕事をしよう。そして河井さんと一緒に、さあさ、たのしみましょう。

歓喜の歌

ピーヒャラピーヒャラ、ピーヒャラリ、ヒャラヒャラピーヒャラ、ピーヒャラリ。はあ~あ祭りだ祭りだ祭りだ豊年まぁつぅりぃ~♪と、軽快なお囃子につられて思わず北島三郎の「まつり」を口ずさんでしまう、骨の髄まで日本人な私。

日本の夏の風物詩、東北は「青森ねぶた祭」の会場ど真ん中で、うちわをパタパタ動かしながら、次から次へと担ぎ出されるスペクタクルな山車灯籠「ねぶた」に、ひゃああすごいぞすごいぞと歓声上げっぱなしである。「勧進帳」の源義経と弁慶、白浪五人男、三国志に桃太郎の鬼退治。ぐるぐるぐるぐる、巨大なねぶたが回る回る。その後から、たすき掛けに花笠で町衆の踊り手たち「ハネト」が、文字通りぴょんぴょんぴょんぴょん、跳ねる跳ねる跳ねる跳ね回る。おおっ、なんだなんだ、なんだかこっちまで跳ねたくなってきたぞ。跳ねる？　跳ねるか？　つしゃ、跳ねるぞ！

せえの、ラッセラー、ラッセラー、ラッセラッセラッセラー。

っておい！　何しにきてるんだ私！

すんでのところでハネト化しかけたおのれをぐっと抑えつけて、私は自分がいまいる周辺を見回した。えーと、どこだ？　どこにいるんだ、棟方志功？

せっかく会いにきたのだが、ちょうどお祭りの日と重なっていたものだから、棟方さん、いてもたってもいられず、ねぶた見物に繰り出したらしい。その後を追いかけて私も祭り会場に潜り込んだのだが、その壮麗さにすっかり気を取られて、うっかりミッションを忘れかけてしまった……恐るべし日本の祭り。

会場は見物客と参加者とでめちゃくちゃごった返している上に、ねぶたのほのかな明かり以外は照明がなく、こんな薄暗い大混雑の中で棟方志功を見つけられるだろうか？　否、見つけられるに決まっている。だって相手はあの棟方志功。お茶の水博士みたいな髪型、(創作中は)おでこにねじり鉢巻き、分厚い丸メガネとあの独特のしゃべり方……そりゃもう絶対間違えようがないじゃないか。……と考えつつ探してるうちに、いよいよねぶたはクライマックスへ。えーっ何これ、元禄水滸伝の閻魔さま?!　おあつ、七福神の宝船だあっ！　キタキタキタキタ━━ッッ！

と、ねぶたに熱中するあまり、結局、私は棟方志功を群衆の中に見つけることができなかった。祭りのあとの火照りをまとった人々が駅へとぞろぞろ流れゆく中、私はしょんぼり、灯籠が消えたひとりねぶたになって人波を漕いでいった。

青森駅から電車に揺られて二十分、浅虫温泉に到着した。本当は青森市内の中心部に宿を取りたかったのだが、ねぶた祭の影響でどこも満室、仕方なく近場の温泉町である浅虫に投宿することとなった。予定では、祭りを見物して棟方さんと接触して心が満たされて宿に帰ってきてひとつ風呂浴びてビールを飲んでぐっすり眠るという妄想プランを思い描いていたのだが、肝心の接触ができなかった。青森まで来て棟方志功に会えないなんて。こんなことってあるんだろうか。いやあり得ない……待てよ、そもそも棟方志功に会えるほうがあり得ないんじゃないのか……。

悶々としつつ、大きな提灯が下がっている浅虫温泉旅館の玄関をくぐる。と、人気のないロビーのテーブルにしがみつく人影に遭遇した。

卓上に置かれた紙に顔をこすりつけるようにして必死に何かを描きつけている。お茶の水博士みたいなもじゃもじゃの後ろ髪、きれいにはげた頭のてっぺんにねじり鉢巻き。

——あ。

「いたーっ！　棟方志功！」

思わず叫んだ。しかもしょっぱなから呼び捨てで。はたと体を起こして振り向いた顔には、シンボルマークの黒縁の分厚いメガネ。私を見据えて、にかっと笑顔になった。ああやっぱり！

「あなたを探して、ねぶた祭の会場中を血眼になって練り歩いてきたんですよ（ちょっと脚色）。まさかここでお目にかかれるとは思いもよりませんでした」

興奮気味に私が近づいていくと、棟方さんは顔中の筋肉を総動員させて、

「ハッはっはっハッ、いんやそうかね、そうかね、ウンウン、ハッはっはっハッ」

と笑いながら、なんともいえない独特のダミ声で応えた。

「僕もいたんだよ、うん、僕もいたねえ、ねぶたに、ああ、ウンウン」

「えっ、やっぱり？　どこにいらしたんですか？」

「あー、それはねえ、それはあれだ、ハネトん中だよ」

「えっ、ハネト？　じゃあ跳ねてたんですか？」

「あー、うん、跳ねた跳ねた、ウンウン、よぉく跳ねたね、いやいや、よかったよ

かった」

なんだかよくわからないが、棟方さんに、よかったよかった、と言われて、まあとにかくよかったと、私も笑顔になった——が。

「あーっしまった！」と私はまたもや突然叫んだ。なんということだ。うっかり……ものっすごっくうっかり、質問をしてしまった。しかも二連発で。「どこにいらしたんですか？」そして「じゃあ跳ねてたんですか？」……って、うっかりにもほどがあるだろ私！　おお芸術の神よ、なぜあなたはそんなどうでもいい質問を私にさせたもうたのですか?!

「おろ、なんだか君、顔色が良くないね。こっち来て座ったら。さ、こっちこっち」

勧められて、私は倒れ込むようにどさりと肘掛け椅子に身を投げだした。

青森で棟方志功に会ったら、板画（版画を棟方さんはそう呼んでいた）との出会いとか、仕事のことを板業と呼びならわし、板にぶつかるように彫刻したその情熱的な創作スタイルについてとか、聞きたいことは山ほどあったのに、全部の夢が潰えてしまった。さっき会ったばっかりなのに、残念すぎる……。

いや、あきらめるのはまだ早い。かくなる上は、「念押し」作戦にシフトだ。

「紙の上に張り付くようにして描き、板に全身をぶつけるようにして彫るスタイルは、画家を志したときからそうだったんですよね……」

微妙に語尾のイントネーションを下げて、質問になりそうなところをギリギリで念押しに切り替えるテク。星々との接触を重ねるうちに、いつしか私はこのような微妙すぎる技巧を身につけたのだった。

「そうだねえ。僕は、子供の頃から火の近くで育ってね。親父は刀鍛冶で毎日トンカントンカンやってたし、うちには囲炉裏があってね、煤で目をやられちゃったんだな、うん。だからね、子供のときから視力が弱くて。絵を描くのが大好きだったけど、細かく筆を使うようなのは自分には向いていないなと、最初からそれはわかってたねえ、うん」

家業は衰退の一途をたどり、やがて廃業。棟方少年は、家計を助けるために裁判所の給仕となって働き始める。絵を勉強するお金などどこにもない。帰宅途中に公園に立ち寄り、写生をするのがやっと。けれど十八歳のとき、運命の出会いをする。青森在住の画家・小野忠明宅で雑誌「白樺」に掲載されていた、フィンセント・フアン・ゴッホの絵「ひまわり」を目にするのだ。

「はあ、あんときはもう、なんていうか、なんにも言葉が出てこなかったね。いまもおんなじ。ゴッホを見たときの、あの感じは、ああ、こっちから行かなくちゃ、そういう感じでね。向こうにこっちが抱かれるのを待ってちゃダメだってね。こっちから行って抱かなくちゃ。そういう感じでね、ウンウン」

奇しくもゴッホのタブロー（の写真）は棟方少年を強く、激しく呼んだ。こっちへ来い！　と。棟方少年があまりにも熱心にゴッホの絵を見つめるので、小野忠明はその雑誌を彼にくれた。そしてそのとき、棟方少年が喜びのあまり叫んだのが、あの有名なひと言。——わだばゴッホになる！

「ゴッホっていうのは『絵』のことだと思い込んだくらいでねえ。私が絵になり、絵が私になる。私と絵とがひとつになれるのは、板画なんだって、それから何年かして気がついたんですよ、うん」

絵描きを目指して上京するも、誰に師事するわけでもなく、なかなか道が拓けていかない。油絵を描いて展覧会にも出品したが、しっくりこない。なぜだろう。自分は日本人なのに、どうして西洋風の絵を描かねばならないのか。

「日本から生まれた仕事がしたかったんだね。絵を描くのは自分なんだから、自分から始まる仕事をしたいって、まあ、生意気にもね。ハッハッ。でもそれで気づいたんですよ、ゴッホは浮世絵に影響を受けた、それであんな絵を描くことができた。日本には板画があるじゃないかと。板画じゃないとどうにもならない、あふれてこない命が確実にあるんじゃないかとね」

絵筆を彫刻刀に、カンヴァスを板に変えて、棟方志功は「世界のムナカタ」になった。全身全霊をぶつけて描き、彫り、刷る。豪胆にして繊細、堅牢にして華麗な棟方志功の板画は、世界を驚かせ、数々の国際的な賞を受賞した。

当の棟方さんはどこまでもひょうひょうと、好きな絵を描き、ただただ好きに彫っている。片目の視力を失ってしまっても、もう片方の目がある。あのへばりつくようなスタイルは、全身を目にして板に挑んでいる姿なのだ。そして、自分が生み出す、というよりも、「板に産んでもらっている」気持ちで、日々、板画に向き合っているのだ。

ねぶたで跳ねたあとも、宿に帰ってくればこうしてすぐに作画に取り掛かっている。どこまでも絵が、板画が好きで好きでしょうがないのだ。

「お仕事を中断してしまってすみません。これ、お土産です」

私は白い小ぶりの艶やかな箱を差し出した。棟方さんは顔をググッと近づけて、

「おんや、まあ。これはうれしいね。開けてよろしいですか」

「私が開けましょう。ちょっと使うの難しいんで。いや、簡単かな。覚えちゃえば」

棟方さんの代わりに、私は箱の蓋を開けた。中にはMP3プレイヤーが入っていた。

私は、不思議そうな顔をしている棟方さんの耳にイヤフォンをセットした。それから電源を入れ、再生ボタンを押した。

棟方さんの顔がみるみる輝きを増した。ベートーベンの「第九・合唱付き」が彼の鼓膜を震わせていた。棟方さんはウワーッと叫んで紙に飛びついた。そして再び魂をぶつけて絵を描き始めた。彼の創作のBGMの定番は、ベートーベンの「第九」なのだ。歓喜の歌が、ねぶたの跳躍が、画面いっぱいにあふれ始めた。

サファイア

木枯らしが細い口笛を吹きながら、耳もとをかすめて通り過ぎてゆく。

私は、解体寸前のおんぼろ木造アパートの門前に立っていた。いかにも昭和なブロック塀、セメントで固めた門柱には吹けば飛ぶような朽ちかけた看板が掲げられている。「トキワ荘」とその四文字をつくづく眺めて、私は感嘆の吐息を漏らした。

――ここがマンガの聖地、伝説のアパート・トキワ荘か……！

そう、このアパートには、かつて若きマンガの志士たちが集っていた。住んでいたマンガ家は、寺田ヒロオ、藤子不二雄（藤子不二雄Ⓐ、藤子・F・不二雄）、鈴木伸一、森安なおや、よこたとくお、石ノ森章太郎、赤塚不二夫、水野英子、山内ジョージ、向さすけ。出入りしていたのは園山俊二、つげ義春、つのだじろうなどなど――と、名前を列挙しただけで即マンガミュージアム完成、と言いたくなるほど、のちに日本のマンガ界を代表することになる面々。

これほどまでにすごい面子が、なにゆえこんなおんぼろアパートに集結したのか？　どこかの大手出版社がマンガ家インキュベーション施設としてこのアパートを借り切って提供したとか？　いやいや、時は昭和三十年代、そんなふうに若手を甘やかす出版社はどこにもなかった。駆け出しのマンガ家たちは、風呂なし・共同炊事場・共同便所のこのアパートの二階に居並んだ四畳半ひと間にカンヅメになって、日々、ともに仕事に励み、切磋琢磨し合ったのだ。あっちの誰かが原稿を落としそうになれば助っ人に入り、こっちの誰かが原稿を落としてしまったらその穴埋め原稿を超特急で描く。そうやってときに互いに助け合い、ときによきライバルとなって、日本のマンガの黎明期を支えたのだ。

そして、彼らの憧れの星、「マンガの神様」と呼ばれたあの手塚治虫も、このおんぼろアパートを仕事場にしていた時期があった。というより、トキワ荘で仕事を始めた最初のマンガ家が手塚治虫だった。

超人気マンガ家だった手塚先生は、二十五歳のとき（この年にしてすでに超売れっ子だった）、新築だったトキワ荘に入居した。とある出版社の編集者の紹介だったという。手塚先生はここの一室にカンヅメになって、ものすごい勢いで連載をこなした。毎日編集者が原稿を取りに押しかけ、初めの頃は手塚先生以外の唯一のマンガ家だった寺田ヒロオが取り次ぎをすることもあったという。その後、先生を神と崇める若者たち――駆け出しのマンガ家もマンガ家未満の者も――が続々とここへやって来た。藤子不二雄がこの頃手塚治虫のアシスタントを務めたというのはもはや伝説。気がつけばいつしか人気マンガ家のパラダイスになっていた――というわけだ。

が、しかし。寄る年波には抗えず、老朽化のため、この「マンガの殿堂」の取り壊しが決定されてしまった。そこで私は、取り壊されるまえにひと目でいいから拝んでおきたいと、こうしてやって来たのだった。

それにしても……ボロい。へっくしょい！　とクシャミをしたら、どさーっと崩れ落ちてしまいそうだ。ってこの比喩、すでにどこかのあばら屋を訪ねたときに使ったような気がするが……。

玄関のすりガラスの開き戸をぎいいと開けて中に入った。三和土には大きな空っぽの靴箱があり、すぐ目の前に階段が迫っている。「こんにちはぁ」と声をかけてみた。が、返事があるはずもない。私は靴を脱いできちんと揃えてから、階段を一段一段、ギシギシいわせながら上がっていった。

二階の廊下の両側には引き戸《ドア》が並んで、しんと静まり返っている。取り壊し直前、当たり前だが人気がない。私はいちばん手前左手の引き戸の前に立ち、小さく付けられている部屋番号のプレート「14号室」を確かめた。この部屋こそ、手塚先生の仕事部屋。そしてのちに藤子不二雄が引き継いで「まんが道」を邁進した、あの「トキワ荘14号室」だ……！

私は小さく咳払いをして、真ん中で割れがちなオカッパ頭の前髪を整え、「失礼します」と声をかけた。中は無人とわかってはいたが、一応そうするのがマンガの神様への礼儀というものではないか。

そろり、と引き戸を開けて、そうっと中をのぞき込んだ、そのとき。

――あ……？

黒いベレー帽にツイードのジャケットの後ろ姿が、窓から飛び降りようとしているではないか！

はわっ。あれは……て……て、手塚先生っ?!

「わ――――――っ！　先生っ、ちょっ、まっ、待ってください――っ！」

私は猛ダッシュして手塚先生の背中にタックルした。「わ、わ、わっ」と先生は声を上げて、私にタックルされたまま、ずでーんと倒れ込んでしまった。

「……や、これは失敬。原稿もう出来上がりましたよ、いま持って行こうと思ってね、窓から出かけるところで……」

手塚先生は、紳士的に私の手を引っ張って立ち上がらせつつ、ベレー帽の位置を手早く直し（ひっくり返ってもなおベレー帽は落ちなかった）、いかにも申し訳なさそうな表情でそう言った。

「先生、私は編集者じゃありません。原稿催促に来たんじゃありませんよ」私が言うと、

「あれ、そうなの？　じゃあ逃げるのはやめだ」先生は、ホッとして笑顔になった。

まさか解体寸前のトキワ荘で手塚治虫と接触できるとは。この場所でまずは手塚治虫の足跡を確認してから会いにいこうと思っていたのだが、思いがけず幸運な、マンガみたいな展開である。

しかも、「手塚治虫は原稿催促の編集者をかわすために、トキワ荘14号室の窓か

ら逃げた」という都市伝説の真偽はこれにて証明された。先生の仕事場が高級マンションとかオフィスビルにあったらこうはいかなかっただろう。おんぼろアパートだからこそ、二階の窓から一階の部屋の庇を伝って逃げ出すことも可能なのである。

「驚かしてしまって、すみません。連日、お仕事でお疲れかと思いまして、おひとつですが、甘いものをお持ちしました」

とはいえ、いつ接触しても大丈夫なように、私は手塚先生への手土産を持ち歩いていた。我ながら準備のよさに心の中でグッジョブ！　と思いつつ、日本未進出・パリが誇るショコラティエ「パトリック・ロジェ」のミントグリーンの小箱を差し出す。先生はふたを開けると、「わあ、これは僕の大好物だ」と、すぐにチョコレートをひと粒つまんで、ぽいと口の中に放り込んだ。そして、ほんとうにとろけるような表情になった。

手塚治虫は大阪生まれ、曽祖父は蘭医、祖父は司法官、父は大手企業勤務という裕福で堅い家系に育った。映画と昆虫と絵を描くのが大好きで、幼少期に暮らした宝塚で歌劇団のレビューにも親しむ。病弱な手塚少年はマンガを描くのが何より得意だった。その腕前にいじめっ子もいつしか夢中になったという。

医者を目指して大学の医科に進学し、マンガ家になってから医学博士号も取得するという努力家でもあった。戦地に赴くことはなかったが、戦争体験が彼に「命の尊厳」という生涯のテーマを植え付けた。手塚先生のマンガが、面白いだけではなく、強いメッセージ性が込められているのはそのせいもあるのだろう。

「そうだね。僕を創ってくれたのは、映画と、音楽と、芝居と、小説。ひと言で言うと色々な体験です。文化的な体験ばかりじゃなく、戦争という負の体験も含めて……それが僕をマンガに向かわせた。マンガには、楽しいことばかりじゃなくて、告発と風刺の精神が必要なんだよ。苦しいことや辛いことが、そういう精神を培ってくれる。そして、一流の芸術体験をすることが人間を豊かに育てるんだ。僕はね、このトキワ荘で若いマンガ家の連中によく言ってたんだ。『君たち、マンガからマンガの勉強をするのはやめなさい。一流の映画を観ろ、一流の音楽を聴け、一流の芝居を観ろ、一流の本を読め。そして、それから自分の世界を作れ』ってね」

マンガの礎づくりと発展において、手塚治虫の貢献は計り知れない。マンガにとって「絵」が重要なのは言うまでもないが、それと同等に、ストーリー、構成、キャラクターも大切なのである。つまり、マンガは「見る」だけのものでなく「読む」ものなのだということを私たちは手塚マンガに教えられた。

「先生のマンガの革新性に衝撃を受けて、トキワ荘の仲間たちを始め、多くの若者たちはマンガ家を目指してきました。初期の作品『新寶島』に始まり、『鉄腕アトム』『ジャングル大帝』『ブラック・ジャック』『火の鳥』……全部、後世に残る傑作です。もちろん、一般の読者、子供も大人も夢中になりました。先生のマンガは、結局アニメにつながっていくわけですが、全部動いて見える。コマ割りの妙、カットイン・カットアウト、場面転換、一コマ一コマは静止画なのに、続けて見るとまるっきり動画のようです。いったい、何がきっかけでこんなに動きのあるページを創ることを思いつかれたのですか？」

私の質問に、「君の指摘の通りで、動画を創っているようなところはあったのかもしれないね」と先生はすぐに答えた。

「連載マンガのページ数は一回ごとに決まっているし、締め切りもあるから、制約の中でどうやってドラマを創り、読者を引き込むか。ストーリー創りと構成がまずは大切なんだ。でもね、長いことこんな仕事をしてると、だんだんわかってきてね。何を描きたいかじゃなくて、何を伝えたいか。その思いが力になって進んできたように思う。人間は何万年も、明日生きるために今日を生きてきた。今日を精一杯生きて、仕事をして、明日、誰かに何かを伝えたい。そう思ってマンガを描き続けているんだよ」

いまや日本のマンガは世界じゅうで親しまれ、アートの一ジャンルとしても数えられるようになった。その頂点に君臨するマンガの王様にして神・手塚治虫は、それでもちっとも気張らず偉ぶらず、実るほど頭《こうべ》を垂るる稲穂かな、なのである。若手が何か新しい手法でマンガを描き始めると、好奇心をもってそれを見守り、自分もやってみる。他者を讃えることはあっても、決して貶めることはしない。彼は確かに神様なのである。が、それと同時にマンガ革命の闘士であり、試行錯誤を恐れない永遠の挑戦者でもあるのだ。

私は、どうしても訊きたい気持ちが抑えきれず、ふたつめの質問をした。

「手塚先生。……先生の夢はなんですか？」

恥ずかしいくらい単純な質問。けれど、訊いてみたかった。先生は、黒縁メガネの奥の目を細めて微笑すると、答えてくれた。

「後世に残る作品を、などと気張らず、百歳まで描きたい。それが僕の夢です」

静かな熱のこもった言葉。神様の夢は、とてもシンプルで、すなおで、まっすぐに私の胸を打った。

……あ、どうしよう。涙が……。

私は涙をこぼすまいと上を向いた。すると、ふし穴だらけの天井の木板に描かれた少女と目が合った。

手塚治虫が、トキワ荘への感謝を込めて記念に描いた絵、だった。せっせとマンガを描いているベレー帽の自画像と、「リボンの騎士」のサファイア。つぶらな瞳が私を見つめてうるんでいるように見えた。

ピカレスク

からからと乾いた音を立て、枯葉がつむじ風に追われて通りを滑ってゆく。ロンドンの住宅街、ピムリコにあるこぢんまりとしたタウンハウスの前に、私は佇んでいた。

秋の落日は早い。この場所にやって来るまえに、シティにある「エヴァンス書店」に立ち寄ってきたのだが、そこで立ち読みしている間にとっぷりと日が暮れてしまった。暗くなるまえにピムリコを訪ねなければ、と思っていたのに、手にした本があまりにもすばらしすぎて、ついつい時間を忘れて没頭してしまったのだ。

私はその一冊を買い求めた。そして、ここへ来る道々、地下鉄《チューブ》の中で再びそれを開いた。黄色いハードカバーに、くっきりした線描のイラストが目を引く。豊かな黒髪の女性が、たっぷりとしたガウンを羽織り、鏡に向き合っている。左手にパフを持ち、熱心に化粧中だ。横顔はうっとりと、鏡の中の自分に夢中になっている。鏡の両脇にはランプが据え付けられてあり、彼女の顔を照らし出す。鏡台の上には香水瓶や白粉の壺、クリーム瓶やブラシが散らばって、女性の美への執着、ナルシシズムがそこはかとなく漂っている。

この本は、「イエロー・ブック」という名前の雑誌。表紙絵を担当したのは、アートディレクターで若きアーティスト、オーブリー・ビアズリーである。

言ってみれば、ただの雑誌――そう、ずっしりと重量感のあるハードカバーの本なのだが、色々な作家が寄稿している雑誌である。それなのに、この表紙のインパクト、磁力の強さはどうだろう。渋みのある黄色の地に極限まで単純化された線描。中でも大きな塊《マッス》となって迫ってくるのは黒だ。女性のウェーブがかった髪と、花模様のガウンの黒。画面の4分の1を占めるこの黒の強さ。そして黄色――。

アートディレクターのビアズリーは、弱冠二十二歳というから驚きである。彼は美術学校に学んだわけでもなく、先達の画家に師事したわけでもない。完全に自己流で絵を描き始めてこうなった。何がすごいって、強いのだ。モノクロの線画なのに、強い。印象に残る。忘れられない。そうなのだ。まったく、悪魔的なほどに。

いったい、何がどうなってこうなったんだろう。あれがこうしてそうなってどうかなったんだろうか。それとも、ああなってそうなってこうなったから、どうにかこうにかそういうことになったのか。などと、もやもやした気持ちを胸に抱きつつ、私はピムリコ駅で地下鉄を降り、秋風に追われながら枯葉と一緒にケンブリッジ・ストリートをとぼとぼと歩いてきたのだった。

タウンハウスは住宅街でよく見かけるタイプの三階建て＋屋根裏部屋で一世帯、それが横にずらっと並んでひと棟になっているものだった。一階の外壁は白くペンキで塗られ、二階から上は茶色のレンガ、窓枠はやはり白く塗られている。それぞれの窓の向こうでは、穏やかであたたかな暮らしが営まれているのだろう。――さて、ビアズリーが住んでいる114番地はいかに？

玄関前のステップを上がり、緑色のドアの真ん中についている真鍮のドアノッカーでコンコンコン、とノックした。――返答がない。再び、コンコンコン。やはり反応なし。もう一回、コンコンコンコン。おいおい、オーブリー君、いるんだろ？居留守使ったってダメだよ、君の動きはつかんでいるんだ。さっさと出ておいで、コンコンコンコンコン。出てこいってばコラ、コンコンコンコンコン。ココココ、ココ

コ、ココココココココン。
「——つるさいッ！」

がばっ！　とドアが開いて、わし鼻の細面、ひょろりと痩せた体にブルーのペイズリー柄のガウンを羽織った男子がいきなり顔を出した。オーブリー・ビアズリー登場である。

つしゃ出てきた！　と私は心の中でガッツポーズをキメつつ、

「すみません、なんだか叩きがいのあるドアノッカーだったので、つい……」

と言い訳をした。ビアズリーは妙な顔つきになって、「なんか用？」とそっけない。おお、いまどきの若者っぽいなあ。いままでの星々との接触ではなかったリアクションだ、とむしろワクワクしてきた私は、

「私、日本から来ました。あなたにお届けしたいものがあって……」

と、腕に提げていた白い紙袋を差し出した。ビアズリーはますます妙な顔つきになったが、「わかった。じゃあ、中に入りなよ」と、通してくれた。私は、「つしゃ！」と今度は実際にガッツポーズをキメた。ビアズリーは「ヘンなやつ」と、くすくす笑った。笑うとまるで少年だった。私はうれしくなった。

　こぢんまりとした居間はきれいに片付けられていた。噂では、ビアズリーの自室はフランスの作家、ユイスマンスの小説『さかしま』の主人公、デ・ゼッサントの書斎そのままに黒とオレンジの内装でかなり毒々しいらしいが、ここはきっと一緒に暮らしている彼の姉、メイベルがシンプルに整理整頓を心がけているのだろう。私に奥の長椅子を勧めてから、ビアズリーは肘掛け椅子に座り、私に向き合った。

「で、なんなの？　僕に持ってきてくれたものって」

　贈り物に期待満々なところも少年っぽい。私はあらためて紙袋を差し出し、「日本が世界に誇るすばらしい逸品です。見てみてください」と応えた。

　薄い包装紙がビリビリと引き裂かれて、現れたのは黒いウールのセーター。怪訝な顔でビアズリーはそれを広げて見た。あちこちに大きな穴がポコポコ空いている。

「何これ。穴が空いてるよ」とビアズリー。

「日本のモードのブランド、『コムデギャルソン』のセーターです。デザイナーは川久保玲といって日本人。正真正銘、メイド・イン・ジャパンです」と私。

「穴が空いてる」ともう一度、ビアズリー。

「そういうデザインなんです」と私。「着てみてください。きっとお似合いです」

ビアズリーはガウンを脱いで、セーターを被った。ちょっと短めの丈、あちこちに空いた穴から下に着た白いシャツがのぞいている。「ワオ！」とビアズリーは叫んだ。

「何これ！　すつごいイカしてる！」

「でしょう」と私はニヤリ。日本びいきで新しいもの好きのビアズリーが、モード界に革命を起こしたこの一着を気に入らないはずがないとの読みは見事に的中した。

オーブリー・ビアズリーはイギリス・ブライトン生まれ。父は彫金師、母は音楽教師で、彼の芸術的センスはこの両親から受け継いだものでもあった。幼い頃に結核を患い、病弱の彼は母と姉にそれはそれは大切にされてきた。ピアノも抜群にうまかったらしいが、フランス語の本を楽々と読み、お気に入りの画集の絵をすらすらと模写する天才じみた子供だったようだ。ピアニストにでも小説家にでも画家にでもなれたはずのビアズリーは、しかし父が出奔して母子家庭になってしまった家計を助けるために、芸術系の学校には進学せず、十六歳でシティにある保険会社に勤務する。その行き帰りに「エヴァンス書店」に立ち寄っては絵入りの小説を立ち読みし、一般公開されていたジェームズ・マクニール・ホイッスラーの日本趣味満載の家を見にいき、浮世絵や春画を研究して、こつこつとペン画を描き続けた。そして便箋大の紙に彼だけのミクロコスモスを創り出したのだ。

耽美で、邪悪で、エロティックで、蠱惑的で、悪魔的なまでに美しい。小さな画面に繰り広げられる彼の世界に、ひとり、またひとり、勾引《かどわ》かされ、引きずり込まれた。書店の主人、フレデリック・エヴァンス。出版人、J・M・デント。大画家、エドワード・バーン=ジョーンズ。そして作家、オスカー・ワイルド。ワイルドの『サロメ』に挿絵を提供したことで、ビアズリーは一躍時代の寵児となった。二十一歳の天才画家は、自らの主戦場として、正統派の画壇ではなく、本や雑誌という印刷メディアを選んだ。それが結局、彼の仕事を広く一般に知らしめることになったのだ。

「油絵じゃなくてペン画を描くのは、とても単純な理由からだよ。カンヴァスや油絵の具は高いし、本格的なペインティングを描くには広いアトリエが必要だろ。モデルも雇わなくちゃならない。そんな金もアトリエも僕にはなかったし、手っ取り早く目の前にある紙とペンで始めただけのことなんだ」

なんてことないよ、といった感じでビアズリーが言った。でも本当は「そこんとこ褒めてよ」ということなのだ。そして実際に、動かしにくくて写真に撮るのも大変でメディアに載りにくいペインティングではなくて、ペン画で勝負に出たからこそ、ビアズリーは彼の時代の勝者になったのだ。

「白い紙に黒一色のペン画にはさまざまな制約があります。たとえば、赤も青もみんな黒で表現しなければならない。その点、ペインティングならば色は自由自在だし、ぼかしたり、強弱をつけたりもできる。表現の幅が広がるわけです。すでにあなたは『サロメ』であのオスカー・ワイルドを食ってしまうほどの話題のアーティストになり、もはやお金に困っているわけじゃない。いつでもペインティングに移行できるはずです。それなのに、なぜいまだにペン画にこだわっているのですか？」

ビアズリーは長い足を組み、その上に片肘をついて私の質問を聞いていた。彼は、ほんの少し、間を置いてから、

「理由なんてないよ。ただ、僕は描き込んでいくのをやめることができない。グロテスクなまでにね。僕のペンにはスピードがあるんだ。ペンが走っていくのを止めたくない。僕はただ、ペンについていくだけさ」

そう答えた。

「それに、いまの時代、印刷に載せるには手早く仕上げるのが鉄則なんだよ。いつも締め切りが追いかけてくる。でも、僕はそれがちっともイヤじゃない。もっと来い、もっと早く来い、って感じ。僕に追いつけるか、僕を追い越せるか、ってね。時間との追いかけっこなんだ。僕には時間がないんだよ」

そして、「もういいかな。仕事に戻らなくちゃ」と立ち上がった。

私も立ち上がり、「ありがとう。会えてよかったです」と礼を述べた。

「こちらこそ。来てくれてありがとう。いつか、また」

ビアズリーは右手を差し出した。私はこっそり友愛を込めて、その手をきゅっと握りしめた。骨っぽく、青白く、インクまみれの手。耽美の極北、ピカレスクの主人公きどり、紛れもないアーティストの手だった。

発熱

赤坂プリンスホテルの車寄せに続くアプローチ沿いに植えられたツツジの花が、すっかり枯れ果てて見るも無残な姿を晒している。

いつも思うのだ。いったいどうしてツツジの花って、咲き誇っているときはあんなに生き生きと色鮮やかで美しいのに、こんなふうにみじめな枯れ方をするんだろう。ありとあらゆる花の中で、ツツジほどむざむざと死んでしまう花はないんじゃないだろうか。

芍薬ならばあの頭でっかちの花びらを包帯を解くようにしてパサリと落とすし、椿ならば美しいままぽとりと頭ごと落とす。桜はあの見事な散り方だ。ツツジだけが、茶色くなって朽ちた花を未練がましくいつまでも落とさない。この枯れ方には何か意味があるのかな。これもアートと言えるのだろうか……？

などと妙なことを考えながら、背中を丸めて歩いていた。赤坂見附の交差点から表通りより一本裏筋の歓楽街、エスプラナード赤坂通りを溜池山王方面に向かって、手にはバラの花一輪を握りしめて。

さっきまで、赤坂プリンスホテルのロビーで「出待ち」をしていた。この人生で「出待ち」したのなんて初めてだ。一時間粘ったが、どうやら完全にタイミングを逸してしまったようだ。意中の人、ヨーゼフ・ボイスはついに姿を現さなかった。

ドイツ人アーティスト、ヨーゼフ・ボイス。いや、「アーティスト」とひと言で片付けてしまえるような人物ではない。会ったことはないけれど、絶対にそうだ。

ボイスは彫刻する。絵も描く。パフォーマンスもする。学生相手に講義もする。政治家と討論もする。死んだウサギに絵を教えたりもする。「あー、アーティストだからね。そういうのもアートなんだ」と、イマドキの若者ならば、なんだって「アート」で片付けてしまうかもしれない。しかし違う。彼の行為はすべてがアートに直結しつつ、「そういうのもアートなんだ」では済まされない切実さに満ちている。おのれの存在そのものを懸けて、アートに、世界に対峙している。そういう人物。星というよりもビッグバンと呼びたい。

ボイスが拠点としているデュッセルドルフまで会いにいかねばと、コンタクトのタイミングをはかっていたら、なんと向こうのほうから日本へ来てくれるということになった。

――いや別に私に会いにきてくれるわけではなく、展覧会の開催に合わせて初来日したのだ。私としては願ったりかなったり、というわけだ。

池袋の西武百貨店内にある西武美術館で、ヨーゼフ・ボイスの日本での初個展が始まった。これはまったく快挙である。だって、ゴッホ展でもルノワール展でもピカソ展でもなく、ボイス展。世界のアート界ではよく知られているボイスだが、日本での知名度は正直そこまでのものではない。美術ファンが押しかけて、チケット売り場には長蛇の列、会場では人の頭越しに作品を遠巻きに眺めるしかない、そんな展覧会にはならないだろう。

きっと西武百貨店社長・堤清二氏も大ヒットを狙ってボイスの展覧会を開催するつもりではなかったのだろう。ヨーゼフ・ボイスという「現象」を、いま日本人に見せておく必要があるとの判断で敢行したのではないだろうか。堤さんにも会ったことはないけれど、絶対にそうだ。

私は早速、西武美術館に足を運んだ。開館直後のせいもあってか、「ヨーゼフ・ボイス展」のチケット売り場に行列はなく、すぐに会場内に入ることができた。そして、最初の一撃を私は食らった。

がら～ん。

と、音がしそうなくらい、誰もいない。もう、気持ちいいほどである。そして、人気のない会場に点在するオブジェの数々――。

ガラスケースに入った、電話線でつなげられた石と黒電話、えんじ色の赤十字のマークが刻印された箱、乳白色の脂肪がいっぱいに詰められたヘルメット、壁に吊るされたフェルトで創られたスーツ、フェルトの毛布が載せられたソリ、BEUYSと名前が入れられたスコップ、白い文字が書かれた黒板。

うわっ……何これ？　ひゃあぁ、かっこいいッ！

と思わず声に出しそうになって、なんとかこらえた。それは、いままで見たことがないたぐいの展示風景だった。展覧会というものは、ふつうは時代順に並べてあるもので、順路があって、順番通りにひとつひとつ作品を見ながら進んでいくものだと思い込んでいたが、この展覧会には「順路」がない。好きなところから自由に見ていいのだ。解説パネルはある。が、見ても見なくても、たぶんどっちでもいい。展示してあるのは立派な額に入れられた絵画や台座に載せられた彫刻じゃない。見る人によってはアートでもなんでもないものだ。けれど展示空間にあって、それらのすべてはそこはかとないエネルギーを放っていた。なるほど個々の作品はひとつひとつで見ると何を意味しているのかわからない。けれど展示全体の中でとらえると、個々に何か役割があるように感じられる。まるで展示空間はアーティストが創り出した世界であり、個々のピースはその世界の構成員であるかのような。個々からはふつふつとつぶやきが聞こえてくる。それが空間全体で共鳴し合い、ひとつの大きな声になって聞こえてくるようだった。――私の創るものは社会の中で機能するもの。それがすなわち私にとってのアートだ。私は社会を彫刻しているのだから。

赤坂プリンスホテルで行われた記者会見で、ボイスは言った。〈私はこの八日間という短い期間で、日本をひっくり返すようなことをしようとは考えておりません。要するに、自分の作ったものをお見せしたいだけです〉。

ほんとうに？　ほんとうに、そうなのだろうか。「日本をひっくり返そうとは考えていない」ボイスは、実は意図していないように振る舞うことによって、日本をひっくり返そうとしているのではないか？　だいたい、社会で起こっているすべてのことがアートだなんて――自分のしていることのすべてを含めて――そんなこと、いったい、これまでの美術史の中で誰が言っただろうか。ボイスは自分がアーティストであるという「自明」を強調しているわけではない。むしろ私たち全員が生きていること――朝起きて、食事をして、学校に行き、働き、眠ること。生まれて、成長して、恋をして、絶望して、再生していくこと。そのすべてを芸術行為として、社会の中で行っているんだと、だから私たちは人間に生まれてきた限りアートに関わっているのだと、その「自明」をこそ、私たちに認識させようと働きかけているのではないか？

　ヨーゼフ・ボイスはドイツ北西部のクレーフェルトで生まれ、豊かな自然にあふれるクレーヴェで成長した。のちの彼の作品に現れる自然、動物、環境、伝説、神話への関心は、少年時代から培ったものだった。青年になってからはヒトラー・ユーゲントに加入。焚書される本の中にあった彫刻家、ヴィルヘルム・レームブルックの作品の図版に衝撃を受け、以後、彫刻の持つ可能性を意識するようになる。第二次世界大戦中、ドイツ空軍に所属していたボイスが乗った戦闘機がクリミア半島でソ連軍に撃墜され、草原に不時着する。負傷した彼を遊牧民のタタール人が介抱した。体温が下がらないように彼の体に脂肪を塗り、フェルトで包んだ。このときの体験のすべてが、ボイスの作品の原点となる。

戦後、ボイスは美術大学で教鞭を執り、紆余曲折を経て、学校内学校である「自由国際大学」を創設し、広範な芸術活動を開始する。学生との対話、作品の制作、パフォーマンスなどなど、自らの行動を通して、教育、社会、環境、人間を取り巻くあらゆる事象を深く考察し、アートとは何かを定義しようと挑み続けた。芸術家にとっての永遠の命題、にもかかわらず、彼はひるまず闘い続けている。日々、発熱しながら。

西武美術館でのヨーゼフ・ボイスの展覧会は、実は私にとって初めての本格的な現代美術展体験だった（実話：当時二十二歳だった）。私は完全にやられてしまった。ボイスによる「アートの定義」が真理ならば、この生きづらい社会をどうにか生き延びている私もまた、アート・ピースなのだろうか。この私が？

ボイスにコンタクトできたなら、そんな質問をぶつけてみたい。もっとも、東京藝術大学での学生との討論会で、資本主義を巡る嚙み合わない対話に苛立ちを隠せなかったらしいから、何も回答を得られないまま終わってしまうかもしれないが……。

それでもなんでも、会いたかった。そのために、バラ一輪、携えてきたのに。「私たちはバラがなければ何もできない」と、討論会にはバラ一輪を卓上に飾り、自己とバラ（＝自然界）との同一性を目に見えるように示したボイス。そう、彼はまるで発熱するバラのような人なのだ。

ふとラーメンの匂いが鼻先をくすぐり、私は急に空腹を覚えた。そういえば朝からボイスとのコンタクトを探り続けて何も食べていない。もうコンタクトはあきらめて、ここは赤坂名物「一点張」のラーメンでも食べて帰ろうか。ほんとはいまから六本木まで行って、ＷＡＶＥ一階のカフェ「レイン・ツリー」でカフェ・オ・レでも飲みながら、「アール・ヴィヴァン」で買った東野芳明の評論集のページを静かに繰りつつ、社会彫刻について思いを巡らせ、最後の最後まで粘りに粘って如何にかこうにかコンタクトを成功させたいところだ。

が、しかし、空腹がコンタクトに競り勝った。腹が減っては戦ができぬ。私は白い暖簾をくぐった。――次の瞬間。

目の前のカウンターに、アースカラーのフィッシャーマンベスト、腕まくりをした白いシャツ、フェルト帽の後ろ姿があった。

ヨーゼフ・ボイスが日本にいた八日間、その最後の日。ビッグバンは、赤坂のラーメン店のカウンターに、ひとりで座っていた。その突拍子もなさ、夢のような嘘くささ、発熱する背中。すべてがアートだった。

秋日和

特急電車を茅野駅で降りて、駅前でタクシーに乗り、蓼科高原へと向かう。東の空には悠々と八ヶ岳連峰の勇姿が浮かび上がっている。

新宿駅発松本行き八時ちょうどの「あずさ5号」に飛び乗った。実は私は自分の書斎を何年かまえに蓼科に造り、蓼科と東京の事務所とを頻繁に行き来しているので、しょっちゅう新宿駅発のあずさ号を利用している。で、東京＝茅野の往復を始めた頃に驚かされたのが、八時ちょうどの「あずさ2号」が存在しなかったという事実である。私と同年代生まれで昭和五十年代に歌謡曲に親しんだ人なら、この衝撃は容易に理解できるだろう。そう、かつて「狩人」という兄弟デュオの歌手が「あずさ2号」という曲を大ヒットさせた。「♪八時ちょうどの〜あずさ2号で〜♪」というサビの部分があずさに乗るたびに頭の中で聞こえてくるんだけど、実際には八時ちょうどのあずさは2号じゃなくて5号だったのだ！……なんてことはほんとにどうでもいいんだが。

八ヶ岳の裾野に赤や黄色の紅葉のじゅうたんが広がり、目にも鮮やかだ。東京での紅葉はまだもう少し先のことだが、蓼科の森林はすっかり色づいていると私は心得ていた。だからちょっとだけ勇気を出して、真っ赤なセーターを着てきたのだ。なぜって赤は、これから訪ねる小津安二郎監督の好きな色。小津映画の中でも、場面場面で赤は差し色として大いに活かされている。小津監督に会いにいくなら赤い服で、と私はとうから決めていた。

タクシーは長い坂を上っていき、こんもりと紅葉した木々に囲まれた古民家の前で車を降りた。私は立派な茅葺屋根を見上げた。これが小津監督の別荘「無藝荘」である。風情のある佇まい。製糸業で財を成した諏訪の名士・片倉家の別荘を借り受けたんだそうだ。どうりで立派なわけだ。

表玄関の脇には薪が積まれてある。こうして乾かした薪を暖炉や囲炉裏で使うのだ。開きっぱなしになっている木戸の手前に立ち、中に向かって「ごめんくださ い」と声をかけた。どきどき胸を鳴らしながら、返答を待つ。

上がり框の鴨居をひょいとくぐって、彫りの深い口ひげの顔、しゅっとした長身の小津監督が現れた。私の顔を見ると、

「おお、来たか。ま、上がんなさい」

気さくに声をかけてくれた。「はい。失礼します」と私は、実はガチガチに緊張しつつ、ていねいにお辞儀をした。できる限り楚々とした立ち居振る舞いをしなければ。監督のお気に召す靴の脱ぎ方、靴の揃え方、歩き方、座り方をしなくちゃ、お父さん、あと三十回ダメ出しされちゃうわよ。そんなの私、困るわ。と脳内で笠智衆に語りかける原節子になりきる私。

室内の柱や梁は黒々として渋い光沢を放ち、居間の囲炉裏では赤々と薪が燃えている。居間の障子は開け放たれて、縁側の向こうの庭の木々がすっかり紅葉し、陽光に透けて輝いているのが見える。

「わあ、いい風景。秋日和ですね」

私が言うと、監督は口の端にほんのりと笑みを浮かべて、

「そう、秋日和だね」

と返してくれた。もちろん、監督の代表作のひとつである「秋日和」に引っ掛け

て言ったつもりだった。どうやらそれが伝わったようで、私はちょっとうれしくなった。

「そうだわ、監督、お昼まだお取りになっていらっしゃいませんでしょ？（と脳内・原節子のままで）ちょっとしたものですけど、これ、お持ちいたしました」

私は道中ずっと膝の上に抱えて持ってきた、折の入った小さな紙袋を差し出した。監督行きつけの北鎌倉の寿司店「光泉」の紙袋。

「おっ。『光泉』のいなりずしじゃないか」

監督は目尻を下げて反応した。

「僕は、これをつまみにビールで一杯やるのが好きなんだ。どれ、ちょっとビールを持ってこようかな。確か冷蔵庫に何本かあったはずだ……ああ、いやしかし、昼間っからビールだなんて、不謹慎だろうか」

生真面目なことをおっしゃる。さすが昭和の名匠。だけどね監督、イマドキの女子はランチビールが自分へのご褒美なんですのよ……なんて無粋なこと、原節子は言わないぞ。

「私は遠慮いたしますので、どうぞあとでお楽しみくださいい。なんなら、蓼科のお仲間の野田高梧さんとご一緒に……」

野田高梧は、原節子が小津作品では初めて主演を務めたあの名作「晩春」も含め、小津作品の脚本を共同執筆してきた脚本家である。小津監督は、新作の構想を練ったり脚本を書いたりする場所として、野田さんの蓼科の別荘「雲呼荘」でしばしばカンヅメになったという。野田さんの別荘に通うようになって、空気がおいしい、水がおいしい蓼科がすっかり気に入り、ここでの四季折々の自然に癒されてきた。ついでに「酒がおいしい」のも、監督が蓼科を気に入っている理由のひとつ。脚本が完成すると、地酒「ダイヤ菊」の一升瓶を野田さんとともに次々に開け、空瓶を百本並べたという武勇伝もあるくらいだ。

小津安二郎は東京・下町の深川生まれ。父は、代々続く伊勢商人の分家の六代目で、肥料商を営んでいた。小津少年は絵が得意で、映画に親しみ、最新式のカメラも使ったりして、べつだん芸術系の勉強をしたわけではないが、好奇心の強い芸術家肌の少年だったようだ。十九歳で一年間代用教員を務めるも、その頃には映画の世界にいきたい気持ちが抑えがたく、松竹キネマ蒲田撮影所に撮影助手として入所。その後、途中徴兵制度に従って入隊した時期があったものの、助監督をしながらシナリオ創りのノウハウを身につけ、入所から四年後、ついに監督の座を射止める。監督になった当初は年間最高七本もの新作を手がけた。のちの「一年一本」をじっくり撮るスタイルとは違って、そりゃもう筋トレのようにどんどん撮った。

「あの頃は色々考えがあってね。とにかく、どう撮ったら面白く撮れるか、会社もお客も喜んでくれるかと、自分はどうこう、っていうのはなかった。しかしまあ、あの頃があるからいまがあるんじゃないかな。あれはあれで、まあ、いい時代だった」

日中戦争中は召集されて中国戦線に赴き、一年十ヶ月戦場に暮らした。野戦病院で朋友の監督、山中貞雄が戦死、衝撃を受ける。太平洋戦争はシンガポールで敗戦を迎えた。そして戦後、戦争に翻弄された家族の喜びや悲しみに焦点を当てた映画を撮るようになる。そしてこれが大衆に広く受け入れられたのだ。

それこそが私にとって最大の謎であった。なぜ、あえてその時期に、言っちゃなんだが地味な映画を撮ろうと思ったのか？　私は思い切って質問を投げた。

「戦後、封印されていたハリウッド映画もようやく観られるようになり、娯楽に飢えていた日本人はこぞって映画を観に出かけました。その頃は、映画にファンタジーが求められていた時代だったと思います。それなのに、あなたはあえてさりげない家族の日常をテーマに取り上げた。淡々とした日常、けれど味わい深い人生の一コマを描いた小津作品に、私たちは深い感動を覚えます。いったい、あなたの映画の何が人々の共感を呼び、彼らに感動を与えるのだと思いますか？」

小津監督は、囲炉裏の中できれいにならされた灰に視線を落としていた。しばしの沈黙のあとに、彼は言った。

「永遠に通じるものこそ常に新しい。僕はそう思いながら映画を撮っている。それを、観る人がみんなわかってくれているんじゃないかな」

日々の暮らし、人の営みは、世代から世代へ、永遠に引き継がれ、繰り返されていくもの。そして、いつも新しいものでもある。朝がきて一日が始まり、夜になって一日が終わる。一日たりとも同じ日はない。新しい毎日を新しく生きる、それが人生なのだ。

「監督の映画世界は、確かに日常を描いています。それでいて、ただの日常ではない。リアルじゃないんです。現実にある汚辱を取り除いて、上澄みだけをすくい上げたかのように、凜として清澄なんです。それに対する批判もあったかと思いますが……」

星々との接触を重ねるうちに、私の生意気さ加減も増していた。が、星々は、上っ面だけのおべっかを言われるよりも、多少生意気でも本音の意見をぶつけられる方が、よっぽど本気で答えてくれる――とわかってきた。だからこそ、生意気すぎるとわかっていて、あえて言ってみた。

小津監督は、怒るでもなく、いらつくでもなく、すらりと平らなままで受け止めてくれた。そして、ごく静かな声でこう言った。

「僕は、いつも心がけていることがあってね。どうでもいいことは流行に従う。重大なことは道徳に従う。芸術のことは自分に従う。映画はね、僕にとっては芸術。だから、ただ、自分に従っている。自分のスタイルを貫く。そういうことなんだ」

「麦秋」「東京物語」「東京暮色」「彼岸花」「秋日和」「小早川家の秋」――どれも徹底した監督の美学に貫かれた芸術作品《アートワーク》である。カメラのローポジション、向き合う人物を正面から捉える切り返しショット、繰り返される同じ画角、「小津組」と呼ばれる同じ俳優、同じスタッフの起用、似通った主題。新作なのに既視感がある。しかし、私たちは、だからこそ安心して小津安二郎の描いた「絵《タブロー》」に没頭し、現を忘れて映画世界に遊ぶことができるのだ。

「私は、監督の映画を観ていると、思い出す絵があるのです」

私の言葉に、監督は、おや、と好奇心をのぞかせた。

「ふうん、絵をね……誰の？」

「フェルメールです。ヨハネス・フェルメール。オランダの十七世紀の画家です」

「フェルメールか。どんなところが似ていると思う？」

「ごく日常的な室内画や、風景画を描いているのですが……とても清浄で、静謐で、透明な情熱に満ちあふれています。彼の絵は、特徴がないように見えて、比類ない個性の輝きがあります。そして永遠性があるのです。つまり……」

「いつも新しい」監督が先んじて答えを言ってくれた。

「そういうことです」と私。清々しい気持ちだった。

「フェルメールか。悪くないね」

つぶやいて、小津監督は、少しはにかんだような笑顔になった。

庭の紅葉が陽の光に透けて、赤く照り輝いている。ここでエンドロールが流れ始めたら、私はきっと涙してしまうだろう。

緑響く

私の書斎は、信州・蓼科の深い森の中にある。

最寄りの駅まで車で片道三十分、最寄りのコンビニまでやはり車で片道二十分。人の数より鹿の数のほうが多い。携帯電話の電波の入りも悪い。そういうところである。決して便利な場所とは言えない。そんなところに、家を建て、書斎を造ったのだ。

友人の建築家に設計を依頼し、書斎は北向きの部屋にした。なぜ北向きかといえば、以前、デンマークに旅をしたとき、北欧モダン建築の雄、フィン・ユールの自邸を訪ねたのだが、そのこぢんまりとした仕事部屋に心奪われたからだ。国民的建築家の名声に反比例した小さすぎる部屋。けれど、必要なものすべてに手が届き、大きな窓からは安定した光が得られる。この安定した光源が――セザンヌのアトリエにも北向きの大きな窓があった――仕事をするには必要なのだと、そのとき悟った。

そんなわけで、私は、家にいるときはいつも北側の森に向かって仕事をしている。この環境を都会で得ることはできない。不便な場所にあえて家を建てたのは、そういう理由からである。

そして、もうひとつ。蓼科に拠点を持った理由があった。――東山魁夷と、いつでもコンタクトできるように……である。

信州は、魁夷画伯が風景を求めて頻繁に旅をした場所。そして、蓼科には彼の代表作のひとつ「緑響く」の中に描かれた風景があるのだ。

私は、わかっていた。――魁夷画伯に会いたくなったら、いつでもその場所に行けばいい。そうしたら、きっと画伯はそこでスケッチブックに鉛筆を走らせて、ひとり静かに風景と対話しているはずだ。

いままでも、何度もその場所を訪れた。そして画伯にコンタクトした。心の中で、私はいくたびも彼に向かって語りかけた。そのつど、声なき声が応答してくれた。何を語りかけたのか、どう応えてくれたのか、覚えてはいないけれど。

奥蓼科の秘湯、渋温泉に向かう国道は、「湯みち街道」と呼ばれている。そこを私の車はたどっていった。街道沿いには石造りの観音像がところどころに佇んでいる。全部で六十六体。すっかり苔むしているものも、比較的新しいものもある。なんでも、この道は江戸時代から湯治客が往来する道で、快癒した人が感謝の意を込めて観音像を寄進したのだそうだ。このあたり一帯の空気には癒し効果がある気がする。通るだけで気持ちが落ち着くような。魁夷画伯も、時を経ていっそうまろやかな表情になった観音さまを眺めながら、この道をたどったに違いない。

急勾配の曲がりくねった道。いくつかのカーブを曲がり、次第に深い森の中へと入っていく。途中で車を停め、歩いていく。カッコウの澄んだ声が響き渡っている。

そうして、私がやって来たのは、緑したたる御射鹿池《みしゃかいけ》だった。

いちまいの絵のような風景である。池のふちには土手がなく、向こう岸の森が水面ぎりぎりまで迫っている。水鏡に森がさかさまに映り込み、現《うつつ》と夢が水際でひとつに重なり合っているかのようだ。水面には波ひとつなく、夏空を映してしんと静まり返っている。

池のほとりに佇んで、私はいちめんの緑を深呼吸した。――と、水際に佇む後ろ姿を見つけた。

黒いハンチング帽、ベージュのジャケット、静かな佇まい。スケッチブックを広げ、素早く鉛筆を動かしている。――東山魁夷だ。

思わず駆け寄りそうになった……が、いかんいかん、落ち着け私。魁夷先生のお仕事を邪魔するなんて、そんなことは絶対にしてはいかん。この場所でいくたびもコンタクトしたが、ご本人にお目にかかるのはこれが初めてのことである。昂る気持ちはよぉくわかる。しかし、ゆっくりと、落ち着いて、もう一回深呼吸して、ハイ。スー、ハー。もう一回。スー、ハー。

と、異様な気配に勘付いたのか、ふと魁夷先生が振り向いた。私は、はっとして動きを止めた。魁夷先生は、黒縁メガネの奥の目をぴたりと私に向けている。まるで森の中で遭遇した鹿のようだ。私は緊張で全身を硬くした。が、すぐに先生はにこりと笑顔になった。

「やあ、会いにきてくれたんですね。よくここがわかりましたね」

朗らかな声に、私は止めていた息を放った。

「こんにちは。お仕事のお邪魔をしてしまって、すみません」

遠慮がちに言いながら、私は先生の近くへと歩み寄った。先生は、スケッチブックを閉じて、岸辺の乾いた草むらの上にそれをそっと置いた。

「ちょうど休憩をしようと思っていたところですよ。いいタイミングでした」

仕事中だったにもかかわらず、予期せぬ客をすっと招き入れる懐の深さ。たちまち、じんときてしまった。私はうれしくなって、「差し入れをお持ちしました。よろしかったら、休憩のお供に……」と、トートバッグの中から、ふた付きの丸い小かごに入った朴葉巻きを取り出した。

「これは、なつかしいな。木曽の和菓子ですね」魁夷先生は、メガネの奥の目を輝かせた。

ひとつ手に取ると、朴の葉の包みをほどいた。青い草の香り。白い餅を口に運んで、「ああ、おいしい」としみじみとつぶやいた。

魁夷先生は、東京美術学校に入学して初めての夏休み、友人たちとともに信州の木曽地方に旅行に出かけた。御嶽山に登り、木曽川沿いにテントを張って寝泊まりしたのだが、中津川のあたりで大夕立に遭い、駆け込んだ農家の人にとても親切にされたという。信州の自然の美しさ、また容赦のなさ、そしてそこに暮らす人々のやさしさに触れ、魁夷青年は風景画家への道を歩み始めたのだ。

「あの頃は、美術学校に入ったものの、自分は何を描くべきかわかりませんでした。私にあったのは、画家を志したときの緊張した気持ち、一つ一つ積み重ねてゆく意志的な努力と言ったもの、その象徴が北国の姿だったのです。……大きな人生の開眼であり自然の発見でもありました」

東山魁夷は横浜市生まれ。船具商を営んでいた父の仕事の都合で、三歳のとき神戸へ移り住む。絵を見るのも描くのも大好きな子供だった。十代の頃には画家を志し、東京美術学校の日本画科に入学。群を抜く技術力と表現力で帝展に初出品・初入選を果たす。が、すぐに画家として軌道にのるかと思いきや、そうやすやすとはいかなかった。卒業後はドイツに留学、日本画家・川崎小虎の娘すみとの結婚、相次ぐ肉親の他界、戦争など、人生の転換期をいくたびも迎えつつ、なかなか画壇に認められず、長い低迷の時期を過ごす。そして、終戦間際に三十七歳で召集され、熊本の部隊に配属される。そこで彼を待ち受けていたのは、壮絶な訓練だった。

爆弾を体に巻きつけ、上陸した米軍へ突撃する訓練が繰り返し行われた。熊本城址で訓練の最中、天守閣跡に登った魁夷先生は、そこで目にした風景に胸を打たれる。

眼下に広がる熊本市街の晴れ晴れとした景色。戦時中、死と隣り合わせに過ごす日々にあって、その眺望は命にあふれ、輝いて見えた。

「私の胸は震えました。魂の震撼でした。なぜ、これを描かなかったのか。これこそ、私が描くべきものだったんだと。――いまはもう、描くという希望はおろか、生きる望みもなくなってしまったというのに……」

歓喜と痛恨がこみ上げてきた。輝く風景の姿。それは、生と死がせめぎ合う瀬戸際にいたからこそ見えた姿だった。

描きたい、と先生は望んだ。それは、生きたい、という望みにほかならなかった。もしも生きて帰ることができたら、この風景の姿をきっと描こうと、そのとき、画家・東山魁夷の心は決まったのだ。

その後、終戦を迎え、魁夷先生は復員した。その二年後、畢竟の風景画「残照」が日展の特選となり、政府買い上げとなる。東山魁夷、このとき実に三十九歳。遅咲きの、しかし見事な大輪の花となった。

「先生は、風景だけを描き続けてこられました。けれど、先生の描く風景画は、人間に対する深い洞察に裏打ちされています。私たちがいかに生きるべきか、風景を通して静かに諭してくれているような気がします。先生は、風景を描きながら、実は人間を描いているのではないでしょうか？」

私の質問に、魁夷先生はともし火のような微笑を浮かべた。そして、言った。

「絵を通して、いかに生きるべきか――私自身が悟りを得たり、誰かを諭そうと思ったりしたことはありません。なぜなら、私はいつも『生かされている』と思っているからです。野の草と同じ。路傍の小石とも同じです。生かされているという宿命の中で、せいいっぱい生きたいと思っています。だから――もしもあなたが私の絵の中に人間を感じるのなら、それは私自身にほかなりません。そして、私の絵を見つめているあなた自身……なのかもしれません」

画伯は、澄み渡った緑色の水面に遠いまなざしを放った。それを追いかけるようにして、私もまた、静まり返った森に目を向けた。

生かされている。そのひと言が、風景の中でみずみずしくこだましていた。

空も、森も、池も、岸辺の草むらも、小石も、この世界のひとつひとつがそこにあり、いまを生きている。美しく響き合っている。その中に、私たちがいる。生きている。その自然を、奇跡を、私は胸いっぱいに呼吸していた。

汽笛

その小さな一軒家は、花巻の町外れ、ナスやトマトが重たげな実をつけた畑の向こうにぽつねんと建っていた。

私は畑の真ん中のあぜ道をぽくぽくと歩いていった。あぜには夏草が青々と広がり、近くの森ではセミの輪唱に交じってヒグラシの独唱が始まったところだ。

日輪は少しずつ光の勢いをゆるめて、ゆっくりと西の空へと傾いてゆく。夕風に乗って、どこからともなくチェロの響きが聞こえてくる。このメロディはなんだろう。ドヴォルザークの交響曲だろうか。いや違う、これはベートーベンの「田園」の一小節……。

小さな家にたどり着いた。玄関先に黒板が掛かっている。白いチョークで、伝言が書かれてあった。

〈下ノ　畑ニ　居リマス　賢治〉

ここは、宮沢賢治が主宰して創設された「羅須地人協会」の拠点である。この協会、というか私塾は、農村文化の向上を目指して、農民たちが集まって交流し、ともに楽しみ励まし合う場所として、賢治さんが立ち上げた。賢治さんは花巻農学校を退職し、彼が想像する一種の理想郷を創出したいと、かつて祖父が隠居所として使っていた家を改装してここを創った。農学校の卒業生や近隣の農家の人々を集めて、農業や肥料の講習会を開いたり、レコード鑑賞会をやってみたり、楽団を作ってみたりと、さまざまな活動を試みている。

もちろん、文化活動ばかりではなく、賢治さんは実際に自分で農作物を作りもした。周辺の畑を開墾し、白菜、トウモロコシ、トマト、アスパラガスなどを作り、ヒヤシンスやチューリップを栽培した。収穫した野菜はリヤカーに載せて売り歩いた。もっとも、リヤカーは高価なものだったから、近隣の農民たちの目には金持ちのぼんぼんの道楽のように映っていたようだ。せっかく作った白菜をすっかり盗まれてしまったこともある。それでも賢治さんは怒らずあわてず、笑ってやり過ごしたという。

お人好しを絵に描いたような人、なのだろう。ちょっと生真面目すぎるところもあるようだから、思いの丈をぶつけすぎないように気をつけなくては……。

ギーコ、ギギギ、ギーコギーコ。……と、「田園」の音色に思いっきり雑音が交じって聞こえてきた。な……なんだこりゃ、ノコギリが息切れしているみたいな音だけど……。

「ごめんくださぁい」と私は、玄関先から中に向かって声をかけた。ギギギ、ギー、とノコギリの息切れが答えるばかりだ。私は靴を脱いで上がると、そろり、そろりと奥へ歩み入った。

こぢんまりとした教室。西日が窓枠の十字の影を床に長く落とすその中心に、宮沢賢治がいた。丸いスツールに腰掛け、チェロを抱いて、弓を押したり引いたり、眉間にしわを寄せ、額に汗の粒をいっぱい浮かべて、真剣そのものだ。かたわらの机に載せられた蓄音機から流れくる「田園」のメロディに合わせて奏でているのだ。って全然調子っぱずれなんですけど……。「セロ弾きのゴーシュ」を書いたぐらいだから、賢治さん、チェロの名手なんだと思っていたのだが。

に、しても。一生懸命なところは、とってもとっても賢治さんらしい。

レコードの音がゆるゆると止まりそうになって、賢治さんはチェロを片手に抱いたまま、もう片方の手で蓄音機のハンドルをぐるぐる回す。「あの」とそこで私は声をかけた。賢治さんはぎょっとしてこっちを向いた。

「おんや、まんず、まんず。いづ来でだかね、はあ、おら気づかながっだなあ」

顔を真っ赤にして、相好を崩した。それだけで私は、なんだかもう胸がいっぱいになってしまった。

「こんにちは。チェロの練習のお邪魔をしてしまって、すみません」

ぺこりと頭を下げた。賢治さんはズボンのポケットからはみ出していた手ぬぐいを手にして、顔をごしごしとこすると、「いんや、いんや。チェロさ始めだばっかりで、まんず、ちぃっともうまぐならねで、はあ、どうしだもんがど……」と下を向いて、なんだか申し訳なさそうにしている。

「暑いなが、よう来でくれだね。まんず、冷たいもんでも……」

炊事場へ行こうとするのを「ああ、私がやりますよ」と制した。「その代わり、レコード、お願いします」

炊事場には水が張られた木桶があり、そこにサイダーが二本、入っていた。私は微笑した。賢治さんの好物のサイダー。客人が来るからと、わざわざこうして冷やしておいてくれたのだ。

サイダーの栓を抜き、ガラスのコップに注いだ。その中に、手土産にと持ってきたスミレの砂糖漬けをひと粒、浮かべた。一七三〇年創業、フランス最古の菓子店「ストレー」で買ってきたものだ。やはり額に汗の粒を留めながら蓄音機のハンドルを一生懸命回している賢治さんの目の前にコップを差し出すと、「あんれ、まあ」と目を輝かせた。

「スミレっこでねが。まんず、かぷかぷ、笑ってるみでだなや」

あ、それ「やまなし」の一節。〈クラムボンはかぷかぷわらったよ。〉私はたまらなくうれしくなった。

宮沢賢治は岩手県花巻市で、古着商を営む家庭に生まれる。両親ともに裕福な家の出身で、大富豪ではないにせよ、賢治さんは恵まれた家庭環境で育った。幼い頃から童話、昆虫採集、鉱石に興味を持ち、「石コ賢さん」と呼ばれていたらしい。自然の中にある、小さな、なんてことのないものたち。しかし、それらもまたこの世界の構成員であるという意識は、少年時代にすでに賢治さんの中に根づいたものだったのだ。

病弱で、何度も病院の世話になった。農林学校時代に法華経に触れ、体が震えるほどの感動を覚える。のちに最愛の妹・トシが早世したこともあり（あの名作「永訣の朝」はそのとき生まれた）、仏教に根ざした独特の死生観が彼の中に芽生える。貧しい土地で必死に農作物を作り続ける運命から逃れられない農民たちとともに生きようと、彼はその生涯を農業に捧げ、農民とともに理想郷を創り出したいと願うようになる。

作文が得意で文章を書くのが何より楽しみだった賢治さんは、農村改良に情熱を傾けた同級生らとともに同人誌「アザリア」を創り、そこに短歌や詩を寄稿した。同人誌「白樺」に掲載されていたファン・ゴッホの「糸杉」に感化されもした。賢治さんは、ファン・ゴッホの農民に寄り添う姿勢、自然の中で創作する孤高の姿に自らの理想を重ね合わせたのかもしれない。

その後、農学校の教諭になるも、生徒たちに農民になれと言いながら自分は何も作っていないことに矛盾を覚え、辞職。そして「羅須地人協会」を立ち上げた。その間、菜食主義を貫いて、自給自足の生活をしながら、詩や童話を書いて、書いて、書きまくった。

「んだな。多いどぎは月間三千枚、書いだな」と賢治さん。さらりとすごいことを言う。

「三千枚！」と私は大声を上げた。こっちのほうがくらくらしてきた。賢治さんは笑って、

「んでも、書いでるどぎはまんず、面白ぐでな。止められないっちゃ。どんどん、進んで、どごまーでも、いづまーでも、書くっちゃよ。書いでるどぎ、いっとう楽しいっちゃ。だがら書ぐんだよ。いづまーでも、どごまーでも……」

書いて書いて書きまくった賢治さんは、推敲の鬼でもあった。一度書いても、その上から書き直して、またその上に文字を加えて、欄外にびっしり書き込んで、線を引いて消して、書いて、また消して……。

「気ぃづいだら、まんず、自分でもわがらねぐなったっちゃ。こんなふうに……」

そう言って、賢治さんは、机の引き出しに入れていた書きかけの原稿を見せてくれた。「うひゃあ！」と私はまた大声を出した。

真っ赤っかに加筆修正された原稿。全然、読めない。それでいて、迫ってくる。

燃えているみたいだ。書いているんだ、生きているんだ――と叫んでいるような原稿。まるで絵の具がのたうち叫んでいるゴッホの絵のように、私には見えた。

こんなにまでして書いているのに、賢治さんは、これまでにたったの一度しか原稿料を得ていなかった。雑誌「愛国婦人」に童話「雪渡り」が掲載されて、もらった五円。それだけだった。自費出版した詩集『春と修羅』も『注文の多い料理店』も、自分で買い取ったくらいで、ほとんど売れなかった。つまり、賢治さんには、ほぼ読者が存在しないのだ。

それなのに――なぜ？

「あなたにはやらなければいけないことがたくさんあります。法華経の求道、農業研究と講義、肥料の改良、農民たちの相談に乗り、指導をし、自分でも田畑を耕し、収穫をし、雨にも負けず、風にも負けず、あちこち飛び回って……。体力も気力も限界なはずです。それなのに、どうして、そんなにまでして書くのですか？　それであなたは、幸せなのですか？」

私の質問に、賢治さんは、澄んだ瞳をかすかに揺らめかして答えた。

「何が幸せか、わからないです。本当に、どんな辛いごとでも、それが正しい道を進む中の出来事なら、峠の上りも下りもみんな本当の幸せに近づぐ一足ずづですがら」

正しい道――と賢治さんは言った。それは、彼にとって、書くことそのもの、なのかもしれなかった。だから、何があってもこの道を進んでいく、と決めているのだ。

「んにしても、もうちょっど楽に進めだらなと思うごども、まあ、あるっちゃね。鉄道に乗って、どですかでん、どですかでん、ってね。書いて、書いて、それを石炭の代わりのエネルギーにして、ずっと。ずうっと、遠くまで」

賢治さんの顔は夕焼けに赤く染まって輝いていた。彼の真上に西日が窓枠の十字の影を落としていた。その姿がまぶしすぎて、見つめていられなくて、私はまぶたを閉じた。

いつしかベートーベンの旋律はやんでいた。代わりに、遠い空の彼方から細い口笛のような汽笛が聞こえてきた。

やがて賢治さんが乗るはずの、銀河鉄道の汽笛の音に違いなかった。

希望

パリの下町、ピガール通りの坂道を私は急いでいた。最終目的地であるパリ近郊の小村、オーヴェール＝シュル＝オワーズを訪問するまえに、寄り道をしようと、ふと思いついたのだ。

通り沿いに居並んだアパルトマンのひとつに入っていく。らせん階段をぐるぐると上がっていき、息を切らして、青色のドアの前に立った。新鮮なペンキのにおい。塗り直したばかりなのだろうか、新しく生まれた命を記念して。この部屋の住人、テオドルス・ファン・ゴッホのやりそうなことだ。日本ならば鯉のぼりのひとつでも立てるところだろうが、テオはきっと、彼の兄、フィンセント・ファン・ゴッホを真似て、喜びを色で表現したに違いない。この部屋にやって来たふたりのフィンセント——一月に生まれた息子のフィンセント・ウィレムと、五月に療養先の南仏サン＝レミ＝ド＝プロヴァンスからパリへ一時的に帰ってきた兄——を出迎えるために、まもなく到来する夏の青空を模して、ドアをこんなふうに青く塗り直したのかもしれない。

ノックをしようと軽くこぶしを触れたら、ドアが内側にふと開いた。テオの妻、ヨーが開けてくれたのかと思ったのだが、誰も出てこない。私はそっと中に入ってみた。

薄暗く狭い廊下。その突き当たりの部屋のドアが開け放たれて、室内が明るい陽光に満たされているのが見えた。足音を忍ばせて、私はその部屋に近づいていき、戸口に佇んだ。

目の前にピアノが置いてあり、その上の壁にいちまいの絵が掛かっていた。——若々しい早春の空。陽光を含んで少し黄色がかった青のさなかに、アーモンドの木がのびのびと枝を放っている。あちこちの枝先で花がほころび、淡いピンク色がほのあたたかく点っている。画面いっぱい、ただただ花咲くアーモンドの木の枝ばかりが、両腕を広げて私を迎え入れてくれるかのようだ。

ああ、この絵は……フィンセント・ファン・ゴッホが、自分と同じ名前が付けられた甥っ子の誕生を記念して、サン＝レミで描き上げた一作だ。

子供が生まれたとき、テオは兄にこんなふうに手紙を書き送っている。

〈子供には君の名前を付けた。君のように辛抱強くて勇気がある人間になることを願って〉

それに対してフィンセントは、心からの喜びとお祝いの言葉を送った。そして、二月になってから、子供の誕生を記念して絵を描いたと、テオへの手紙に書いている。

〈最新の一作は花がほころぶ枝の絵だ。とてもうまく描けたよ。僕はこの絵と辛抱強く向き合って、筆の運びもしっかりしたものだ。いままでで最高の出来映えだ。描き上がってから一日経って見ても、とてもみずみずしい〉

フィンセント・ファン・ゴッホは、オランダ南部にある町、ズンデルトの牧師の家に生まれた。その四年後にテオが生まれている。フィンセントとテオは、子供の頃からとても仲のいい兄弟だった。幼い頃は弟にとって兄は憧れの人だった。成長するにしたがってふたりの絆はいっそう深まり、互いを互いの半身であると感じるほど強く結ばれていく。

フィンセントは十六歳のとき、伯父のつてでヨーロッパ有数の画商、グーピル商会に勤務し始める。デン・ハーグ、ロンドン、パリなど各地の支店に赴任するが、気難しく生一本な性質が画商に不向きだとの理由で解雇されてしまう。その後、伝道師となることを目指して勉強、活動するも挫折。二十七歳の頃に、ようやく画家が自分の天職なのだと気づき、本格的に絵を描き始めた。

一方、テオは十代で兄と同じくグーピル商会に勤務、安定した生活を送るようになる。そして、画家となった兄を、精神的にも経済的にも支え続けていた。

フィンセントが画家を目指してから、ふたりの関係はいっそう分かち難いものになっていた。衣食住のすべてに加え、画材をテオに準備してもらい、創作された絵のすべてはテオが引き取った。テオは、兄が気を遣わずに存分に描けるよう、「絵の対価」として仕送りと画材の提供を引き受けていたのだ。

最初はオランダで、続いてベルギーでくすぶっていたフィンセントは、ある日突然パリへ行き、テオのもとに転がり込む。当時、パリでは印象派が旋風を巻き起こし、新しい芸術の波が押し寄せていた。フィンセントはその中に飛び込んだ。カミーユ・ピサロ、ポール・シニャック、ポール・ゴーギャン、エミール・ベルナールらと交流し、ジャポニスムでブームになっていた浮世絵に目を輝かせた。仲間たちは皆、日本の美術に瞠目していたが、ことのほかフィンセントは日本に憧れを募らせた。日本に行きたい、広重や北斎の描いた風景を自分も描きたい、と。

二年後、日本のような清澄な光を求めて南仏アルルへ単身移住し、名作の数々を生み出した。「夜のカフェ」「アルルの跳ね橋」「アルルの寝室」「ひまわり」——私たちが「ゴッホの絵」として思い出すのは、アルル移住以降の絵なのだ。

アルルに画家たちの理想郷を創ろうと、フィンセントは必死に仲間たちに呼びかける。それに唯一応えたのがゴーギャンだった。が、個性の強いふたりの共同生活はうまくいかず、わずか二ヶ月で破綻。出ていこうとするゴーギャンを引き止めようとしてか、フィンセントは自らの耳たぶを切り取ってしまう。かの有名な「耳切り事件」だ。おりしも、ヨーと結婚すると告げるテオからの手紙が彼のもとに届いたタイミングだった。

フィンセントはアルルの市立病院に入院し、その後、自らサン゠レミにある療養院に行く決意をする。ひとりきりで馬車に揺られてやって来た彼を迎えてくれたのは、街道沿いの糸杉、オリーブ畑、そして療養院の入り口に咲いたアイリスの一群と、いっさいを吹き飛ばすかのようにときおり吹きつける季節風《ミストラル》。新しい友となった厳しく強く美しい自然を、フィンセントはカンヴァスに描き写した。「アイリス」「オリーブ畑」「星月夜」「種まく人」のすべては、テオに――フィンセントにとっての世界の入り口に向けて届けられた。

命を燃やして描き続ける兄を、テオもまた全力で励ました。彼らは互いに交信し続けた。「いまこんな絵を描いている」「絵を受け取ったよ、すばらしかった」。どんなに遠く離れていても、いかに苦しい状況にあっても、ふたりのコンタクトは決して途絶えなかった。

夫と義兄のやりとりを、ヨーは静かに、あたたかく見守ってきた。彼女はフィンセントから夫と自分宛に届いた手紙のすべてをチェストにしまって大切に保管している。ふたりのコンタクトの軌跡は、心やさしいひとりの女性によって確実に残されている。

そして――。

フィンセント・ウィレムが生まれ、「花咲くアーモンドの木の枝」が贈られたのち、フィンセントはサン＝レミを後にし、パリ近郊の小村、オーヴェール＝シュル＝

オワーズで創作をしながら療養を続けることになった。オーヴェールへ行くまえ、ほんの三日間だけ、フィンセントはテオ家族の住むこのアパルトマンで過ごした。テオと再会を喜びあい、初めて会う義妹との会話を楽しみ、小さな甥っ子を腕に抱いてあやした。ごく短い接触。けれど、もうずいぶん長いあいだ、フィンセントとテオが夢見続けたあたたかな家族の光景が、この部屋で実現したのだ。

私は、ピアノの上の小さな青空を見つめた。花咲くアーモンドの木の枝が揺れる四角い青空を。そして、ふと、気がついた。

この絵――寝転がって描いた絵なんじゃない？

そうだ。確かにそうだ。花ほころぶ枝が、清澄な青空を背景にして、いっぱいに広がっている。このすがすがしさ、開放感。自由。はてしないほどの。

私は、微笑と涙が一緒になってこみ上げてきた。

――なんてことだろう。

フィンセント、あなたは、なんて自由な人なんだろう。だって、いままでの美術の歴史の中で、寝転がって目の前に広がる風景を描いた画家なんて、いなかった。印象派の画家たちが、草の上にイーゼルを立てて絵を描いただけで、とんだ愚かものだと嘲笑され、「自分にはこんなふうに見える」と印象のままに表現しただけで、子供の落書きだと揶揄されてきたのに。あなたときたら、こんなにも自由に、こんなにも美しく、この世界を、命を、私たちに見せてくれるのだから。

――幸せですか？

フィンセントに会ったら、たったひとつ、そう質問してみようと思っていた。けれど会うまえに、答えがわかってしまった。

どうして彼が幸せでないはずがあるだろうか？

だって、彼は「自由」なのだから。

オーヴェール行きの汽車が出発する時刻が近づいていた。

もう行かなければ、と部屋を出ようとして、あっと気がついた。あろうことか、フィンセントへの手土産を忘れてしまった。

日本が大好きな彼のために、さくらんぼと、桜餅と、桜の塩漬け入りお赤飯と、桜あんぱん……桜づくしのパッケージを用意していたのに。ほんとうは桜の花を持ってきてあげたかったのだけど、もう季節も終わったし、どのみちここまで持ってくるあいだに散ってしまうだろうから、わざわざ食べ物でそろえたのになあ。ここまで来ておきながら……どうしよう。

振り返って、もう一度、「花咲くアーモンドの木の枝」を見た。そういえば、この花、桜に似ている。葉が出るより先に花開くところとか、色も、花のかたちも……まるで桜だ。

私は、そっと絵の面に向かって手を伸ばしてみた。草むらに寝転がって、頭上いっぱいに広がる満開の桜に向かって手を伸ばす子供のように。

面に触れるか触れないか――その瞬間、私の手が何かをつかんだ。ポキリとささやかな音がして、私の手の中に、花咲くひと枝が握られた。私は息をのんで、枝に点った小さな花々を見つめた。

それは、アーモンドの花ではなく、桜の花だった。七分咲き、かすかに紅がかった白の山桜。

私は、そのひと枝を手に握りしめ、ピガール通りのアパルトマンを後にした。

オーヴェール行きの汽車に間に合った。車窓に額をくっつけて、流れゆく景色をながめながら、私は心の中でフィンセントに問いかけた。消えない星々との短い接触、これが最後の質問。

――アーモンドの花言葉を知っていますか？

フィンセントは、はにかんだように微笑むだろう。そして、きっと答えてくれるだろう。そうと知っていて、あの絵を描いたに違いないのだから。

――花言葉は、〈希望〉。

あなたは、私たちの希望。だから、消えない。このさきも、いつまでも。

私の膝の上で、白い花が揺れていた。

山桜の花言葉は、〈あなたに微笑む〉。それも、伝えよう。星々に。

おわり、つまり、はじまり

七月二十日、私は、銀色のアルミニウム製スーツケースをごろごろ引っ張りながら、事務所が入っている雑居ビルの入り口までたどり着いた。

さっきコンタクト終了、ここまで帰ってきた。いま何時だろう。時間の感覚がすっかり狂ってしまっている。いつ移動したんだか、いつ食事をしたんだか、よく覚えていない。目が覚めているのか、眠っているのか。空腹なのか、そうでもないのか。すべての感覚がぼんやりとして、はっきりしない。

わかっていることは、いま、私がいるところが、とある街角の雑居ビルの前だということ。そして、いまが令和元年七月二十日ということ。

私は出入り口の前に立ったままで、ジャケットのポケットからスマートフォンを出してカレンダーを見た。七月二十日。ごしごし、目をこすって、もう一度見た。

七月二十日。何度見たって七月二十日。

はあ〜あ、と私は特大のため息をついた。

私が、私からの挑戦状を受けたのは六月一日。つまり、五十日ほどまえのことである。

京都でＩＣＯＭの世界大会が開催されるのを記念して、日本と世界のアーティスト／クリエイターがどうやってコンタクトし、互いに影響を受け、励まし合ってきたかを展観するイベント「ＣＯＮＴＡＣＴ　つなぐ・むすぶ　日本と世界のアート」を清水寺で開催する。九月一日から八日まで、たった八日間。参加アーティスト／クリエイターは物故作家／現存作家合わせて三十人。そのうち物故作家二十人（文中で彼らは『星々』と呼ばれることになる）にコンタクトして、インタビューをし、そのプロセスと内容を掌編小説にまとめるように。ただし〆切りは六月十日。十日間で書き上げよ——と、挑戦状の中の私は、無理難題を突きつけてきた。

——わかりみなさすぎだし！（訳：まったくもって理解の範疇を超えております）

と、令和な若者言葉で思わず叫びそうになってしまった私だったが、これを成し遂げないことには、消えないはずの星々が流れて永遠に世界の歴史からも全人類の記憶からも抹消されてしまう——そこまで大げさじゃなかったが——と言われて、私は勇気をふり絞り、立ち向かうことにした。やってやろうじゃないの！　憧れの星々に会いにいけるなら望むところよ！　と。

が、しかし。

どの星にもあまりにも大きな歴史とバックグラウンドがあり、苦難の道と栄光の道の両方があった。悲運と幸運も。そのすべてがそろってこそ、星は星になれたのだ。その星々にインタビューするのだ、生半可なことではすまされない。私は腹をくくって、いつも長編アート小説を書くときとまったく同じ熱量で事前リサーチを開始した。

膨大な文献に当たり、本を読み、ネットで検索しまくり、動画を見、音楽や音源を聞き、ロケハンをし、季節ごとの日の出・日没時間・風向きを調べ、旬の果物や花をチェックし、詳しい人、研究者に人となりを尋ね、デパートやブティックに出向き、通販カタログを取り寄せ、スマホでお土産検索をした。つまりリサーチのために軽く十日以上費やしてしまった。それからようやくコンタクトを開始した。ずっと会いたくてたまらなかった星々に会いにいくのだ、そうやすやすと出かけてしまってはいけない。限られた短い接触のあいだに心からの敬愛を伝えるためにも、しっかりと準備し、よく会いにきてくれたと星々にも満足してもらいたい。だからこそ、十日やそこいらでミッション・コンプリートすることなんてできなかったのだ。

〆切りの六月十日をとっくにすぎてしまったことはとても後ろめたかったし、ひょっとするともう間に合わなくて、コンタクトすること自体むだになってしまうんじゃないかという不安がよぎった。それでも私は私を信じて、コンタクトを開始した。ひとりひとりに、心をこめて接触し、心づくしの手土産を持って、うれしさではちきれんばかりになって、星々に会いに出かけていった。日本の、世界の、さまざまな時代、さまざまな場所へ。

そしてついに私は、二十人の憧れの星々に会った。会話をし、質問を投げた。彼らからの答えは、どれもが納得の、満足のいくものばかりだった。すべてが光に満ちていた。

彼らは輝いていた。なぜなら彼らは星だから。遠くの空にあって、私たちを彼方まで導いてくれている。赤い星。白い星。燃える星。静かな星。人間味にあふれる星。笑わせる星。泣かせる星。励ましてくれる星。かけがえのない、決して消えない美しい星々。

ひとつ、またひとつ、星々とのコンタクトを終了するたびに、私は私自身にコンタクトした。そして話して聞かせた。今日は驚かされた。今回は笑わされた。それはもう、あたたかかった。せつなくなった。しみじみ、うれしかった。胸がいっぱいになった。――すばらしかったよ、と。

どうやら私は私のプロセスを静観しているようだった。早くしろとか、そんなんじゃだめだとか、否定的なことはひと言たりとも言ってこなかった。なぜだろう。もうとっくに約束の日はすぎているのに。ひょっとすると、展覧会にはもう間に合わないかもしれないのに――。

――それでも。

本日、私は最後のコンタクトを終了し、ここまで帰ってきた。

私には予感があった。郵便受けに、私から私への郵便物が届いているに違いない。ひょっとすると解雇通知とか。――ってなんの解雇？

——いやだから挑戦者はもうやめていいよっていう。

——なんだそりゃ。

——だって私は私に意地悪だから。それに変化球ばっかり投げ込んでくるし。

——その通り。次もとびきりの変化球、魔球レベルだよ。受け止められるかな？

——あたりまえでしょ。受け止めてやるって。さあ、どんとこい。

私は、そろりと郵便受けのふたを開けた。中には一通の白い封書が。——私から、私への。

——きた。

私は胸をときめかせながら、封を切った。白い便箋に、見覚えのある私自身の書き文字が躍っていた。こんなふうに。

私へ

これは、指令書である。

二十人の星々とのコンタクトの軌跡を、一冊の本にまとめて出版すること。発売は八月のお盆まえとする。そう、あと三週間足らず。

無理だって？　そんなわけないだろう。だって、ちょっと先の未来の読者が、この本をすでに手にしているんだから。ほら、いまこうして最後のページを読んでいるんだから。

心配するな私。タイトルは、もう決まっている。私がつけた。
20 CONTACTS　消えない星々との短い接触
以上、ミッション完了の報告を待っている。グッド・ラック。

解説　CONTACTS：20 and more

十一月十二日、私のもとに一通のメールが届いた。

「こんにちは、作家の原田マハと申します。私は以前森美術館でキュレーターをしており、十二年前に作家に転身してからは、主にアート関係の小説を書いてきました。林さんがかつて在籍なさっていた川村記念美術館のロスコ・ルームをモチーフにした短編を書かせていただいたこともあります……」。もちろん、そのことは知っていた。しかし彼女と面識はない。はて、どんな用件だろう。「来年九月に京都で開催されるＩＣＯＭ世界大会に関連する展覧会に関わる予定です。もしよろしければ、一度お目にかかってお話しさせていただきたいと思います」。――これが、原田マハと私のファースト・コンタクトだった。

本書『20 CONTACTS　消えない星々との短い接触』は、この展覧会のために特別に書き下ろされた原田マハの掌編集である。彼女自身が登場人物となり、江戸の絵師、司馬江漢から、「近代絵画の父」と呼ばれたポール・セザンヌ、漫画の神様、手塚治虫まで、総勢二十名の綺羅星のごとき天才たちとしばし時間を共にし、言葉を交わし、小さな贈り物を手渡す。どの物語を読んでも、ふたりの間に流れる親密な時間と愛情に満ちたやりとりに、つい笑みがこぼれてしまう。そして、巨匠と呼ばれた彼らの佇まいや声色、人柄までがじわりと伝わってきて、あたかもそのひとりひとりと握手を交わし、ハグしたような気分になる。世間からもてはやされるセレブリティとしての彼らではなく、素顔の彼らと。

それはまるで魔法のようで、マハ・マジックとでも呼びたくなる。会うことなどできるはずもない過去の偉人を、遠い親戚や隣人のように感じさせる、その手練手管に翻弄されるのは少し悔しいけれど、読み終わった後にふわりと心を満たす、柔らかな感情にはどうにも抗いがたい。史実に基づくとはいえ、物語そのものはフィクションであることを忘れてしまいそうになる。物書きなら当然ともいえるが、驚くべきは、このマハ・マジックがファンタジーの中だけでなく、現実世界においても大いにふるわれているということである。先に述べたファースト・コンタクトからの十ヶ月間、キュレーターを生業とし、共に展覧会を企画することになった私は、そのことを強く実感することになる。

通常、展覧会の準備というものは二年ないしは三年ほど前から始まり、印象派の絵画など人気の高い作品や、作家の代表作を借りようとすれば、さらに数年前から依頼をかけてブッキングすることも多い。展覧会の動員を大きく左右する目玉作品は、キュレーターたちの間で激しい争奪戦になるからである。つまりは、企画の立ち上げから展覧会の開催までたった十ヶ月で実現させようなどというのはあまりに無謀な話なのだ（新橋で司馬江漢を走って追いかけるような人だから仕方ないかもしれないが……）。そのうえ、展示場所は京都・清水寺で、会期はたったの八日間という。何もかもが常軌を逸していた。ところが、マハ・マジックによって本展――その名も「CONTACT」――の準備は、破竹の勢いで進んでいく。出品交渉のために美術館の館長やコレクターと直電でアポを取りまくり、面談時には言葉を尽くして自身の熱い想いを伝え、作品の素晴らしさを讃えるばかりか、それを守り続ける所有者への敬意を示し、根気強く相手を説得する原田マハの姿は、今にして思えば、本書の中で巨星たちと懸命にコンタクトしている姿とぴたりと重なり合う。むろん現実は厳しく、みなが首を縦に振ったわけではなかったものの、これほど無謀な企てにもかかわらずまるでおとぎ話に聞き入るように耳を傾けていたのを、私は何度となく目の当たりにした。そう、マジックは話術とスピードが命なのである。

どうやら「通常」という言葉は、原田マハには適用されないらしい。「CONTACT展」が常軌を逸している点はまだ他にもあった。展覧会場となる清水寺では、作品をただ鑑賞してもらうのではなく、来場者に、本書に収録された物語（一部）を掲載したタブロイド紙が手渡されることになった。作品を眺めながらの読書。物語を読みながらのアート体験。それは、目の愉しみと心の潤いを一度に味わうという、実に贅沢な体験になるであろう。物語と同様、展覧会もわずか一週間あまりしか開催されない、星々が生み落とした作品たちとの束の間の邂逅である。

結局のところ、ある日、自分自身から命を受けた小説家がコンタクトをとろうとしたのは、歴史上に燦然と輝く星々だけではなかったのだ。この本を手にとったあなたや、清水寺へ展覧会を見に足を運んだ世界中の人々にもまた、その手は差し出されている。ぜひその手をとってみてほしい。そうすれば、20のCONTACTSは時空を超えてまた次の手につながり、別の心に結びつくことだろう。それらが無数の小さな輝きとなって満天の星となるまで。

林　寿美（インディペンデント・キュレーター）

猪熊弦一郎
（1902年〜1993年没）
日本の洋画家。香川県出身。東京美術学校（現・東京藝術大学）を中退後、フランスに遊学し、アンリ・マティスの指導を受ける。第二次世界大戦中は、従軍画家として戦地へ赴いた。終戦後、三越の包装紙「華ひらく」をデザイン。主な作品に、上野駅の壁画「自由」、慶應義塾大学学生食堂ホールの壁画「デモクラシー」、名古屋丸栄ホテルホールの壁画「愛の誕生」など。

ポール・セザンヌ
（1839年〜1906年没）
フランスの画家。大学の法学部を中退後、画家を志し、パリへ。サロンでの落選を繰り返していたが、晩年、作品への評価が高まる。ロマン主義、印象主義を経て、独自の絵画様式を探求し続け、キュビスムをはじめとする二十世紀の美術に多大な影響を与えた。代表作に「卓上の果物と水差し」「リンゴとナプキン」「サント＝ヴィクトワール山」などがある。

ルーシー・リー
（1902年〜1995年没）
オーストリア出身の陶芸家。イギリスを拠点に活動し、陶芸家のバーナード・リーチと親交を持った。象嵌や掻き落としによる線描、緻密な成分計量による理論的な工法で、繊細かつ優美な作風を確立した。装飾性豊かな陶製・ガラス製のボタン、広い口縁に高台が小さい朝顔型の青釉鉢、細長い首と大きく開いた口が特徴的な文花器など、幅広い作風の陶器を多数制作。

黒澤 明
（1910年〜1998年没）
日本の映画監督、脚本家。東京都出身。娯楽性と文学性を両立させながら、ヒューマニズムに溢れる作品を数多く発表し、その後の国内外の映画界に、大きな影響を与えた。「羅生門」でヴェネチア国際映画祭金獅子賞、アカデミー賞名誉賞を受賞。また「隠し砦の三悪人」でベルリン国際映画祭銀熊賞を受賞、「影武者」でカンヌ国際映画祭パルムドールを受賞。

アルベルト・ジャコメッティ
（1901年〜1966年没）

スイスの彫刻家。ジュネーブで彫刻を学んだのち、パリに転居。当時の文化人、画家と交流を持ち、初期の作品はシュルレアリスム的な作風のものが多い。第二次世界大戦後、極端に細く引き伸ばされた人物の彫刻を発表し、実存主義的な作風へと変遷する。代表作に「午前4時の宮殿」「ヴェニスの女」「腕のない細い女」、没後に刊行された版画集『終わりなきパリ』。

アンリ・マティス
（1869年〜1954年没）

フランスの画家。自由な色彩による絵画表現を追求し、「色彩の魔術師」と呼ばれた。また油絵から切り絵に表現方法を変え、礼拝堂の内装デザインで切り絵をモチーフにしたステンドグラスを制作した。自然をこよなく愛し、植物園のようなアトリエで創作活動を行った。代表作に「ジャズ」シリーズ、「豪奢、静寂、逸楽」「上祭服」「赤のハーモニー」などがある。

川端康成
（1899年〜1972年没）

日本の小説家、文芸評論家。大阪府出身。大正から昭和にかけて活躍し、日本人として初のノーベル文学賞を受賞した。日本人の美意識や死生観を包容しながら、妖美な世界観を確立させた。代表作に『伊豆の踊子』『雪国』『山の音』『古都』など。また国宝三点をはじめとする、茶器や陶器、埴輪や日本画などの古美術品の蒐集家としても知られる。

司馬江漢
（1747年〜1818年没）

日本の絵師、蘭学者。浮世絵や錦絵の版下などを描いていたが、のちに西洋の画法と油彩の技法を用いて、富士などの日本的な風景をモチーフにした洋風画作品も多く手がける。また蘭学者としての一面を持ち、日本で初めて蘭語の文献をもとに銅版画を制作した。代表作に「相州鎌倉七里浜図」「寒柳水禽図」「夏月図」「冬月図」、銅版画「三囲之景」などがある。

シャルロット・ペリアン
（1903年～1999年没）

フランスの建築家、デザイナー。パリの装飾美術連合学校を卒業後、ル・コルビュジエに認められ、彼のアトリエで共同デザインを行う。独立後、そのアトリエで一緒だった坂倉準三の計らいで、当時の商工省に招聘され、来日。日本各地をまわり、伝統工芸に触れた。代表作に「LCシリーズ」「ペリアンチェアー」などの家具、またパリ日本大使公邸の内装デザイン。

バーナード・リーチ
（1887年～1979年没）

イギリスの陶芸家、画家、デザイナー。幼少期に日本で過ごす。イギリスの美術学校に通っていた当時、留学中だった高村光太郎と親交を持ち、その後、日本をたびたび訪問。白樺派や民藝運動にも関わりが深く、日本民藝館の設立にあたり、柳宗悦らに協力した。またルーシー・リーをはじめとする西洋の陶芸家と競いながら、イギリスでの陶芸の地位向上に尽力した。

濱田庄司
（1894年～1978年没）

日本の陶芸家。神奈川県出身。東京高等工業学校（現・東京工業大学）を卒業後、京都市立陶磁器試験所で釉薬などの研究を行う。イギリスに帰国するリーチに同行し、共同で築窯。ロンドンで個展を開催し、大成功をおさめる。柳宗悦らとともに、民藝運動を展開した。ほとんど手轆轤のみで制作するシンプルな造形と、釉薬の流描による大胆な模様を得意とした。

河井寛次郎
（1890年～1966年没）

日本の陶芸家。島根県出身。東京高等工業学校（現・東京工業大学）窯業科を卒業後、京都市立陶磁器試験所に入所し、濱田庄司とともに釉薬の研究などを行った。また濱田、柳宗悦らとともに民藝運動に深く関わった。代表作に「鉄辰砂草花図壺」（パリ万国博覧会グランプリ受賞）、「白地草花絵扁壺」（ミラノ・トリエンナーレ国際工芸展グランプリ受賞）などがある。

棟方志功
（1903年〜1975年没）

日本の板画家。青森県出身。ゴッホの絵画に感動し、芸術家を目指す。国画展に出品した「大和し美し」が出世作となり、民藝運動に関わる柳宗悦、河井寛次郎らと交流。版画を「板画」と称し、木版の特徴を生かした作品を一貫して作り続けた。ヴェネチア・ビエンナーレに出品した「湧然する女者達々」などで、日本人として初の国際版画大賞版画部門を受賞。

手塚治虫
（1928年〜1989年没）

日本の漫画家、アニメーション監督。大阪府出身。数々の新しい表現方法で当時の漫画の概念を変え、ストーリー漫画の第一人者として活躍した。戦時中、医学の道を志しており（後年、医学博士）、どの作品にも生命の尊さが貫かれている。代表作に『火の鳥』『アドルフに告ぐ』『ブッダ』『MW』、国内初の長編TVアニメシリーズ「鉄腕アトム」「ジャングル大帝」など。

オーブリー・ビアズリー
（1872年〜1898年没）

イギリスのイラストレーター、小説家、詩人。美術館に通うなど自己流で絵画を学んでいたが、バーン＝ジョーンズに才能を認められ、働きながら美術学校で学ぶ。白と黒を基調とした繊細で優美な曲線で、幻想的で耽美な雰囲気をまとうペン画を多く発表した。オスカー・ワイルドの『サロメ』英訳版に挿絵を描き、文芸誌『イエロー・ブック』では美術編集を担当した。

ヨーゼフ・ボイス
（1921年〜1986年没）

ドイツの彫刻家、社会活動家。彫刻、インスタレーション、ドローイング、パフォーマンスなど多様な表現方法で作品を発表。芸術概念を拡大し、社会と関わるすべての活動を「社会彫刻」と呼び、自然保護活動を目的としたアートプロジェクトなども行った。代表作に「フェルト・スーツ」「脂肪のコーナー」、パフォーマンス「死んだうさぎに絵を説明する方法」。

小津安二郎
（1903年〜1963年没）
日本の映画監督・脚本家。計算し尽くされた構図や色調で独自の映像世界を作り上げ、世界的にも高い評価を得た。「小津組」と呼ばれる固定されたスタッフやキャストで、戦前戦後を通じて家族のあり方をテーマにした作品を撮り続けた。代表作に「晩春」「東京物語」「秋日和」など。

東山魁夷
（1908年〜1999年没）
日本の画家。東京美術学校（現・東京藝術大学）卒業後、ドイツのベルリン大学（現・フンボルト大学）に留学。素直な目で自然を見つめ自分の心を重ねた風景画を描く。文筆家でもあり、川端康成とも親交が深かった。代表作に唐招提寺御影堂障壁画「濤声」「山雲」「黄山暁雲」、「残照」「道」など。

宮沢賢治
（1896年〜1933年没）
日本の詩人、童話作家。岩手県出身。生前出版された作品は詩集『心象スケッチ　春と修羅』と童話集『注文の多い料理店』のみだったが、没後、草野心平らの尽力により広く知られるようになった。科学的な宇宙感覚、叙情豊かな描写とユーモア溢れる作風で、博愛主義、自己犠牲的な内容の作品も多い。代表作に『銀河鉄道の夜』『雨ニモマケズ』『風の又三郎』など。

フィンセント・ファン・ゴッホ
（1853年〜1890年没）
オランダの画家。約十年の活動期間で、油絵や水彩画、スケッチなど2100作品以上を残したが、生前に売れた絵は一点のみだった。没後、大胆な色彩やタッチで描いた風景画や、自己の内面や情念を表現した作品に評価が高まり、ポスト印象派を代表する画家となる。日本の浮世絵を収集し、模写していたことでも有名。代表作に「ひまわり」「星月夜」など。

CONTACT TEAM（敬称略）

20 CONTACTS　消えない星々との短い接触

編集
石原正康
壷井円
松田美穂

制作・校正
本間義史
阿部麻依子

デザイン
重実生哉

リサーチ協力
HANS ITO

協力
丸亀市猪熊弦一郎現代美術館／公益財団法人ミモカ美術振興財団

株式会社黒澤プロダクション　瀧澤ひかる
公益財団法人川端康成記念会　水原園博
濱田友緒
河井寛次郎記念館　鷺珠江
株式会社手塚プロダクション
松竹シネマクラシックス 茅ヶ崎館　森浩章
東山家代表　斎藤進
宮沢賢治記念館　宮澤明裕

CONTACT　つなぐ・むすぶ　日本と世界のアート展

「CONTACT / CONNECT展」実行委員会
京都新聞／ＢＳ日テレ／anonyme

総合ディレクター
原田マハ

コーキュレーター
林寿美

保存修復
岩井希久子

コーディネーター
荒谷智子

事務局
辻雅子
矢野慶一郎
高岩シュン
越智忠弘
森本達平
山口麻諭子

PR
川渕恵理子

展示設営
山口達彦

イベント運営
株式会社のぞみ

展示協力
株式会社黒澤プロダクション／公益財団法人川端康成記念会／河井寛次郎記念館／大原家／株式会社手塚プロダクション／竹宮惠子&トランキライザープロダクト／株式会社新潮社／株式会社文藝春秋／松竹株式会社／宮沢賢治記念館／株式会社林風舎／セゾン現代美術館／イセ文化財団／タグチ・アートコレクション／白樺文学館／日本民藝館／ギャラリー小柳／ペロタン／ギャラリー柳水／ワコウ・ワークス・オブ・アート／艸居／CANDYBAR Gallery

特別協力
大西英玄
大原謙一郎
佐々木丞平
細見良行
杉本博司
小柳敦子

協力
清水寺
清水寺門前会
三楽苑
ＭＢＳ
株式会社オフィスマリーン
ＪＴＢ

後援
ＩＣＯＭ京都大会２０１９組織委員会
京都仏教会
京都府
京都市
京都市教育委員会

協賛
株式会社アカツキ
つなぐ-en-システム株式会社

助成
文化庁２０１９年度日本博を契機とする文化資源コンテンツ創生事業「イノベーション型プロジェクト」

※ポール・セザンヌ作品、フィンセント・ファン・ゴッホ作品の展覧会での展示はありません。

原田マハ（はらだ・まは）
1962年東京都生まれ。関西学院大学文学部、早稲田大学第二文学部卒業。森美術館設立準備室勤務、ニューヨーク近代美術館への派遣を経て独立、フリーのキュレーター、カルチャーライターとして活躍する。2006年「カフーを待ちわびて」で日本ラブストーリー大賞を受賞し、作家デビュー。12年『楽園のカンヴァス』（新潮社）で山本周五郎賞受賞。17年『リーチ先生』（集英社）で新田次郎文学賞受賞。『ジヴェルニーの食卓』（集英社）、『暗幕のゲルニカ』（新潮社）、『たゆたえども沈まず』（小社）など印象派のアーティストにまつわる作品を多数書き、絶大な支持を受けている。最新刊は『美しき愚かものたちのタブロー』（文藝春秋）。

本書は書き下ろしです。

JASRAC 出 1908334−901

引用『いのくまさん』（谷川俊太郎文・2006年・小学館）
「東山魁夷　心の旅路館」http://kaii.n-muse.jp/about/
より

20 CONTACTS　消えない星々との短い接触
20 CONTACTS : A Series of Interviews with Indelible Stars

2019年8月10日　第1刷発行

著者——原田マハ
発行者——見城 徹
発行所——株式会社 幻冬舎
〒151-0051 東京都渋谷区千駄ヶ谷4-9-7
電話 03（5411）6211（編集）
03（5411）6222（営業）
振替 00120-8-767643
印刷・製本所——中央精版印刷 株式会社

検印廃止

万一、落丁乱丁のある場合は送料小社負担でお取替致します。小社宛にお送り下さい。本書の一部あるいは全部を無断で複写複製することは、法律で認められた場合を除き、著作権の侵害となります。定価はカバーに表示してあります。

© MAHA HARADA, GENTOSHA 2019
Printed in Japan
ISBN978-4-344-03499-0　C0093
幻冬舎ホームページアドレス https://www.gentosha.co.jp/

この本に関するご意見・ご感想をメールでお寄せいただく場合は、comment@gentosha.co.jpまで。